K. Alois Schneider

...nicht einen Schritt

Im Netz der Arachne
Protokoll einer mörderischen Intrige

- für Astrid -

Wir sind nur Schauspieler in einem Stück,
das der große Spielleiter bestimmt.

nach Epiktet, griechischer Philosoph

Impressum

Bibliografische Information der Deutschen
Nationalbibliothek:
Die Deutsche Nationalbibliothek verzeichnet diese
Publikation in der Deutschen Nationalbibliografie;
detaillierte bibliografische Daten sind im Internet
über http://dnb.dnb.de abrufbar.
© 2022 Text u. Umschlag K. Alois Schneider
München, aes_kas@gmx.de
Überarbeitete Neuauflage 2022,
Erstauflage von 2020
Lektorat: S. Maria Kuffer
Herstellung und Verlag: BoD – Books on Demand,
Norderstedt
ISBN: 9783752641448

Inhaltsverzeichnis

VORWORT

Alles liegt viele Jahrzehnte zurück und wirkt doch bis in die Gegenwart. Das Protokoll einer mörderischen Intrige soll neben ihrer Widmung auch dem Andenken der Mutter des Erzählers in einem schicksalhaften Geschehen gewidmet sein. Das zu schreiben war nur möglich, weil Astrid in ihrem Nachlass die Briefe und Schriftstücke aufbewahrt hat.

Zusätzlicher Auslöser für diese protokollarische Erzählung war der Fernsehfilm von Alexander Dierbach *„Weil du mir gehörst"*. Mit dem Fazit einer Rezension: *"wer das Kind hat, hat die Macht. Damit ist es ziemlich einfach, den anderen rauszukegeln."*

EXPOSÉ

Es gibt Menschen, die haben etwas von einer Arachne. Wer ihr Spinnennetz nicht rechtzeitig zerreißt, bleibt gefangen oder kommt darin um.

Arachne, die Figur aus der griechisch-römischen Mythologie des Ovid, die von Pallas-Athene mittels Gift in eine Spinne verwandelt wurde.

Arachne Illustration Gustave Doré für
Dantes Inferno (1861)
(entnommen wikipedia)

1.

Die Tagesschau war zu Ende. Der Wetterbericht kündigte an, dass das Sturmtief Sabine sich abgeschwächt hat. Er saß in dem schwarzen Ledersessel, in dem seine Frau Astrid und er gerne abwechselnd gesessen hatten. Seit fast einem halben Jahr ist er allein. Sie war innerhalb eineinhalb Monaten gestorben. Im Juli bestand Verdacht auf Lungenentzündung. Zu ihrem Geburtstag im August bekam sie in der Klinik die Diagnose Lungenkrebs, kleinzellig, inoperabel. Es war für beide ein Schock. Sie waren verzweifelt. Dann hatte sie ihn getröstet und gemeint, dass sie sechsunddreißig Jahre lang eine wunderbare Zeit hatten. *"Dafür müssen wir dankbar sein. Du hast mir versprochen, dass wir zusammen alt werden wollen. Das sind wir nun."*

Wenn das so einfach wäre. Der Satz bei Mascha Kaléko's Memento war für ihn allgegenwärtig

„Bedenkt: den eignen Tod, den stirbt man nur, doch mit dem Tod der andern muß man leben."

Auf dem Bildschirm lief die Schauspielerin Julia Koschitz mit einem kleinen Mädchen an der Hand auf ein Gebäude zu, an dem „Oberlandesgericht" stand. Er mochte die Koschitz als Schauspielerin, deshalb wollte er sehen, was kommt. „Weil du mir gehörst" erschien als Titel. Anscheinend eine Scheidungssache mit den Scheidungsfolgen. Anders als sonst bei vielen Fernsehgeschichten, diese interessierte ihn. Er suchte am Ende zum ersten Mal, wie das mit dem Livestream auf dem Smartphone funktionierte, um sich die Diskussionsrunde anzusehen, anzuhören.

Er war schon einmal verheiratet gewesen. Zwölf Jahre lang. Das liegt lange zurück.

2.

Nach dem Studium war er beruflich erfolgreich. Ihm fehlte nichts, er liebte die Frauen, hatte sich aber nicht gebunden. Das Schicksal Herbert Capellers, seines Onkels, war ihm Warnung. Der hatte sich seinem Ehrenkodex verpflichtet gefühlt, wegen einer Schwangerschaft zu heiraten. Und das endete für ihn tragisch.

Er war glücklich, wieder in seiner Geburtsstadt München zu sein. In Frankfurt fühlte er sich nie so richtig zu Hause. Er wohnte seit vier Jahren in einem neuen Appartement im Münchner Süden. Mit ehelicher Bindung hatte er sich also Zeit gelassen. Segeln am Chiemsee. Urlaube am Gardasee und in Südtirol und sonstwo. Er hat das Leben ausgekostet, war mit Freunden unterwegs gewesen. 34 Jahre war er nun und überzeugt, in der dreizehn Jahre jüngeren Lisa die Richtige gefunden zu haben. In einem gefragten östlichen Stadtteil Münchens hatte er zuvor schon einen Baugrund gekauft. Ein Jahr später und ein halbes Jahr nach der Geburt der Tochter konnte das Paar in das neu gebaute Haus einziehen. Ein befreundeter Bauingenieur hatte es in kurzer Zeit hingestellt. Zwei Jahre später kam der Sohn zur Welt. Das Glück schien vollkommen.

Doch es schien nur so. War es das Hausfrauendasein, die Mutterrolle, die doch nicht unbegrenzten Finanzmittel, die Langeweile oder falsche Bekanntschaften - *„im Beruf jongliert er mit Millionen und bei mir ist er kleinlich"*, wenn die Kontoüberziehung größer wurde, - nach fünf Jahren, 1976, war die Gemeinsamkeit aufgebraucht. Nach der Geburt des Sohnes hatte sie sich verändert. Heute weiß er warum. Er hatte sich in ihr doch geirrt. Sie stammte aus Württemberg, blond und gut aussehend, aber nicht so unbedarft wie sich die

20-Jährige anfangs gegeben hatte. Sie hatte eine Ausbildung in der Hotel-Gastronomie. Als er sie kennenlernte war sie Bankangestellte.

Wegen der Kinder und der Pflichten lief alles weiter, doch eine Ehe war es nicht mehr. In den Jahren zwischen der Geburt der Tochter 1972 und des Sohnes 1975 war er, wie er sich erinnert, acht mal zwei Wochen im Ausland gewesen. Die Firma förderte ihn an einer Kaderschule für Führungskräfte in Fontainebleau.

In den Ferien ging man sich schnell auf die Nerven. Selbst gemeinsame Urlaube mit Bekannten in der Nachbarschaft, man nannte sie „Freunde", wurden unerfreulich. Dann ging jeder getrennt, sie wollte nicht Segeln, er nicht Skifahren, das war für ihn zu gefährlich – und jeder machte seine Bekanntschaften. Er hielt es für besser und richtig, den Irrtum zu akzeptieren, sich zu trennen, das Haus zu verkaufen, unter dem neuen Scheidungsrecht jedem seine Freiheit zurückzugeben und seinen eigenen Weg zu gehen.

Fünf Jahre hatte er sich gegeben und seinen fünfundvierzigsten Geburtstag als Termin gesetzt. Einen Tag danach ließ er seinen Anwalt die Scheidung einreichen. Damit hatte die Frau doch nicht gerechnet. Sie war dagegen. Im eigenen Haus die längere Trennungszeit vor der Scheidung zu organisieren, vergiftete die Situation erst recht. Es war ein Bungalow. Sie und die Kinder bewohnten das Erdgeschoss. Er „wohnte" im Hobbyraum im Keller.

3.

„Weil du mir gehörst". War das wegen der schweren Geburt der Anspruch seiner Mutter gewesen? Einen Tag vor dem Beginn der Olympiade 1936 hatte sie ihn, Kurt, im Krankenhaus Dritter Orden in

Nymphenburg zur Welt gebracht. Sie hatte zuvor schon einmal eine Fehlgeburt. In ihren Aufzeichnungen findet er die Zeilen:

Es war trotz der Schmerzen der glücklichste Tag in meinem Leben und als mir die Ärzte gratulierten und mich für meine Tapferkeit lobten war, ich für alles entschädigt. Diesem Zustand verdankt es mein lieber Sohn heute, dass er, worauf er so stolz ist, als Münchner geboren wurde."

Der Mutter hatte er allerdings den Unterleib so ramponiert, dass die ehemals sehr schöne Frau dann doch zeitlebens darunter litt.

Vor Kriegsausbruch war die Familie nach Berlin gezogen. Der Vater hatte eine Anstellung in der dortigen Rüstungsindustrie, war dort unentbehrlich und wurde aus gesundheitlichen Gründen nicht zum Kriegsdienst eingezogen.

Bis zum Februar 1945 überdauerten sie die Kriegsjahre in Berlin, die Bombenangriffe, die Nächte im Luftschutzkeller. In schwierigen Zeiten rückt man zusammen. Das galt auch für die unmittelbare Nachkriegszeit bis zur Währungsreform in der oberbayerischen Provinz. Danach waren die sogenannten „besten Jahre" für die Eltern ohnehin vorbei. Sie hatten als Kinder den Ersten Weltkrieg und in der Lebensmitte den Zweiten Weltkrieg erlebt. Und dazwischen gab es die Inflation und das 1000-jährige Reich. Den Vater belastete zeitlebens, dass er sein Jurastudium in Bonn ohne Abschluss beendet hatte. Er war der Jüngste von fünf Kindern, dem der Vater, ein wegen einem Unfall früh verstorbener Krankenhausdirektor in Fulda, gefehlt hatte, um das zu verhindern. Mitte der 1950er Jahre war die Ehe am Ende, die Eltern wurden geschieden. In der Phase des Getrenntlebens wegen des Wiedereinstiegs ins Berufsleben war dem Vater in Frankfurt die Jugendliebe zufällig über den Weg gelaufen. Schwer genug für die Mutter, dass sie, die mit ihren Ersparnissen alle über die Zeit bis zur Währungsreform durchgebracht hat, sich störend vorkam, als sie in Frankfurt wieder zusammenzogen. Zu der Zeit war Kurt in einer katholischen Internatsschule bei Benediktinern in Niederbayern, bevor er aus „schwerwiegenden" Gründen rausflog. Von der Einschulung in Berlin im Kriegsjahr 1942 bis 1956 hatte er ein halbes dutzendmal die Schule wechseln müssen.

Das Schreiben des Benediktinerpaters an den Vater des fast zwanzigjährigen Kurt las sich so:

Sehr geehrter Herr Schneider, ich habe Ihren Sohn Kurt heute aus dem Seminar entlassen müssen. Auf der Rückreise aus den Ferien machte er in Deggendorf Station und besuchte dort ein Lichtspieltheater zusammen mit einem jungen Mädchen. Später ging er mit dem Mädchen Arm in Arm durch den Ort. Ein solches Verhalten ist in keiner Weise mit den Forderungen wie mit dem Geist unseres Hauses vereinbar. Da Kurt aber schon einen Direktoratsverweis mit Entlassungsandrohung erhalten hatte, führte dieser Fall zur Entlassung aus dem Seminar. Ich bedaure, daß Kurts Entwicklung auf diese Weise unterbrochen wird, kann aber unter den gegebenen Umständen nicht anders handeln.Mit freundlichen Grüssen! Seminardirektor P. Augustin Rottmann OSB.

Sein Einwand, dass er noch in Ferien war, wurde weggewischt mit der Begründung, das zwanzig Kilometer entfernte Deggendorf ist so nah, dass er bei Freigang jederzeit dorthin gelangen könnte. Die Benediktinerschule beschäftigte auch weltliche Lehrkräfte. Gesehen habe ihn eine angestellte Lehrerin. Sie mochten sich nicht. Mit Lehrerinnen hatte er immer Schwierigkeiten, er weiß bis heute nicht warum. An den Direktoratsverweis und seinen Grund kann er sich vage erinnern. Zu zweit waren er und ein Mitschüler abends einmal ohne Erlaubnis zur Donau spaziert.

Bei Besuchen, sehr viele Jahre später mit seiner Frau, um ihr die Basilika zu zeigen, konnte er sehen, dass „der Geist des Hauses" sich geändert hatte. Im Internat lebten nun Buben und Mädchen. Aber einen persönlichen Kontakt zu den Benediktinern konnte und wollte er nicht mehr herstellen. Als Stadtschüler, das hieß eigene Bude, mit noch einem Verlängerungsjahr =

„Ehrenrunde", weil der Schuldirektor seine Abiturquote nicht gefährden wollte, machte er danach in dem bayerischen Städtchen Eichstätt Abitur. Mit nunmehr fast 22 war er der Älteste. Er fühlte sich nach dem Klosterinternat wie Rühmanns Pfeiffer mit drei f in der Feuerzangenbowle. In dieser Zeit erhielt er die Nachricht, dass der Benediktinerpater Augustin gestorben ist. Er sei nur 40 Jahre alt geworden.

Zum Studium konnte er bei der Mutter bleiben. Endlich die verhasste und wechselvolle Schulzeit hinter sich studierte er im Schnellgang Betriebswirtschaft und verließ mit 26 die Uni in Frankfurt mit Diplom in der Tasche. Auch danach in den ersten drei Berufsjahren lebten Mutter und Sohn zusammen. Eine harmonische Beziehung mit gemeinsamen Urlauben. In einer der großen amerikanischen Wirtschaftsprüfungsfirmen tätig war er viel unterwegs. Zum Vater war der Kontakt nach der Scheidung der Eltern zunehmend geringer geworden. Der war an den Spätfolgen eines Unfalls mit 66 Jahren gestorben. Ein Autofahrer hatte ihn angeblich auf seinem Fahrrad übersehen. Jetzt, selbst im Alter, denkt er bedauernd zurück, wie er als Einzelkind damals zwischen den beiden Elternteilen eingeklemmt wurde, wenn er in den Ferien heimkam. Er hatte mit ihm schon Pläne gemacht zu seinem 66. Geburtstag am 6.6.1966. Daraus wurde nichts. Er starb in einem Heim in Frankfurt am 28.6.1966.

4.

Kurt war schon 30, als er in seiner Geburtsstadt München eine eigene Wohnung bezog. Doch die Verbindung zur Mutter blieb eng. Sie lebte zu der Zeit in Bayerisch Gmain bei Bad Reichenhall, wo sie sich wohl fühlte, war aber, um in der Nähe des

Sohnes zu sein, in den Osten von München nach Neubaldham gezogen. Was bei ihr vorging, als um 1970 die zukünftige Schwiegertochter auftauchte, die er 1971 heiratete? Hatte sie gehofft, dass er ledig bleiben würde? Hatte sie mit ihrer Lebenserfahrung gesehen, was der Sohn nicht sah? In ihren Aufzeichnungen und Briefen, die sie teils nie abgeschickt hat, findet er heute:*„Ich bin nicht eifersüchtig auf Deine Frau, aber umgekehrt ist es, sie konnte es nicht ertragen, dass wir ein gutes Verhältnis zueinander haben, wahrscheinlich merkt sie, dass ich nicht durch eine rosarote Brille sehe….Die Eltern Deiner Frau haben es sich leichter gemacht, darum konnten sie auch so frohlocken. Herr P. hat gesagt, er habe noch nie so einen lustigen Vater gesehen, ich kann das gut glauben, denn die ernten, was sie bei den eigenen Kindern nicht gesät haben. Salbungsvolle Worte zu sprechen ist einfacher, Kinder erziehen schwieriger.“*

Sie wollte und konnte nicht die Oma sein, deren Hochgefühl in der Betreuung von Enkeln besteht. Im Alter von 19 Jahren war sie die erste weibliche Angestellte im Bezirksamt ihrer oberbayerischen Heimatstadt gewesen und auch nach dem Krieg berufstätig, bis zum Ruhestand beim Bundesrechnungshof. Dass sich seine Schwiegereltern und die beiden Geschwister der Schwiegertochter zu Feiertagen im Haus breit machten, gefiel ihr nicht. Sie machte sich zunehmend rar, zog sich zurück. Nichts war mehr wie zuvor. Ihr Verhalten wurde für ihn rätselhaft. Die ehemals enge Mutter-Sohn Beziehung war schwieriger geworden, gereizter. Die Zuwendung zu den beiden Enkeln und damit zu deren Mutter, war sprunghaft, mal überraschend enger, dann wieder distanziert. War das Teil eines psychologischen Spiels? Oder was anderes?

Verstanden hatte er es nie, dass es zu der Entwicklung kommen konnte, die nun schon mehr als vierzig Jahre zurückliegt. Hatte er die Wesensveränderung seiner Mutter falsch gedeutet? Hatte er damals nicht erkannt, dass sich vielleicht Demenz oder etwas in der Art abzeichnete? Bekanntschaften, die sie machte, hielten nie lange. Immer war irgendwas, das zum Abbruch führte. Darüber hatte er in den Jahren des Ruhestands mit Astrid ab und zu gesprochen. Sie waren in ihrer Lebensmitte gewesen, in ihrem beruflichen Alltag gefangen. Sie hatten nur das tragische Ergebnis gesehen.

Jetzt war er allein. In dem großen Haus begann er aufzuräumen, zu sichten, was entsorgt werden kann, was seine Frau nicht mehr braucht, was er nicht mehr braucht. In einem Karton, den ein Anwalt ihm nach dem Tod seiner Mutter zugeschickt hatte, fand er ihre Aufzeichnungen und Briefe, die dort die letzten fünfundzwanzig Jahre gelegen hatten. Er bekam eine Vorstellung, was in seiner Mutter vorgegangen sein muss: Enttäuschung und Verbitterung über die eigene Lebensbilanz angesichts der Möglichkeiten der Nachgeborenen. Eine unglückliche Frau. Die Einsamkeit und das Alleinsein. *„Wenn man zur Einsamkeit verurteilt ist, dieser jedoch entrinnen will, muss man sich etwas einfallen lassen. So habe ich mich – wenn auch zögernd – daran gemacht, Geschichten zu erzählen"* steht da. Das Fehlen eines Korrektivs in der Person des Lebenspartners, mit dem man sich austauschen kann. Das würde vermutlich ein Psychologe, der er nicht ist, so erklären.

Schon vor seiner Heirat:

Die Mutter: 28. Dezember 1970 . *„Ich habe nichts gegen Lisa. Ich habe etwas gegen Euer Verhalten gehabt. … Ich wollte nicht mitfahren. Hättet Ihr mich doch alleine meine Weihnacht, aber richtig gesehen meine W e i h e*

nacht feiern lassen. Meine Tür steht jederzeit offen, aber erwarte von mir nicht, dass ich auch nur einen Schritt auf Dich zukomme."
Dieses kategorische **nicht einen Schritt** hatte er nicht verstanden. Es gab keinen Zusammenhang für ihn. Es muss eine instinktive Ablehnung gegen Lisa gewesen sein.

Seine Antwort am Tag danach:

29. Dezember 1970 ...*"Es ist nicht nötig zu versuchen, mir über Lisa die Augen zu öffnen. Verstehe, dass Du mich angreifst, wenn Du Lisa meinst. Andernfalls bist Du nicht im Begriff, Deinen Vorsatz, eine Tochter zu gewinnen zu verwirklichen. Du würdest das Gegenteil erreichen."*

Dazu fällt ihm die Redewendung ein *„wir Alten sehen durch die Wände."* Das muss es gewesen sein bei ihr. Das trifft heute auch auf ihn zu. Er ist tief betroffen, als er jetzt seinen Brief an die Mutter zu Weihnachten 1975 liest:

„Liebe Mutter, auch wenn Du anscheinend keinen Wert mehr auf einen Kontakt mit uns legst, wollen wir dennoch das Weihnachten nicht ohne einen Gruß von uns vorüber gehen lassen. Was Dich zu Deiner Haltung veranlasst hat, ist uns unverständlich aber nicht neu. Dieses Auf und Ab kennen wir seit unserer Verlobung. Deine zweite Abreise innerhalb dieser Zeit, ohne uns etwas zu sagen, machte deutlich, wie einseitig Du das Verhältnis zwischen Dir und uns siehst. Wir sind Deiner Meinung nach wohl zu allem verpflichtet, Du zu nichts. Schön, daß Du uns nach einem Monat im September eine Postkarte geschickt hast. Dich nach Deiner Rückkehr (wann?) wieder mal persönlich zu melden überstieg wohl Deine Ehrbegriffe und Deinen notorischen Stolz. Dein Sohn hat Frau und zwei Kinder und Gott sei Dank auch ein schönes Zuhause. Doch das fällt uns nicht in den Schoß, dafür müssen wir etwas tun. Mir deshalb Materialismus vorzuwerfen ist abwegig und ungerechtfertigt... Wenn Du allerdings

Deine Rolle als Oma nicht finden kannst oder willst, ist das Dein Problem. Ich kann Dir dabei auch nicht helfen. Alles Gute auch zum Jahreswechsel ...."

Er war zwischen beiden gestanden. Im Folgejahr ging die Ehe in die Brüche. Aber das war nicht mehr entscheidend, es war nur noch Fassade, weil die Kinder sehr klein waren. Das kommt ihm wieder ins Bewusstsein zurück, wenn er seinen mehrseitigen Brief an seine Mutter vom Oktober 1978 in die Hand nimmt. Er muss ihn mehrmals lesen.

Liebe Mutter, es ist still und damit schwierig geworden zwischen uns. Ich bin kein Kind mehr, doch solange die Mutter noch lebt, wünscht man sich diese menschliche Beziehung tiefer und weniger anfällig. Enttäuschung und Verbitterung scheinen die vorherrschenden Beweggründe unseres Tun und Lassens zu sein. Ich will nicht drumherum reden.

Es soll einmal raus, was mich enttäuscht hat. Bisher war ich der Meinung, Du hättest nur mir oder uns gegenüber ein getrübtes oder gestörtes Verhältnis, das sich in Desinteresse, Anteilslosigkeit und Distanz ausdrückt. Ich habe das sowieso nie verstanden. Wenn Du Abneigung und Vorbehalte gegen meine Frau empfindest, so muss sich das doch nicht auf die Kinder oder mich übertragen. Aber in diesem Jahr kam für mich eine neue Erkenntnis: Du behandelst nicht nur mich und die Kinder so; Du bist gegenüber Deinen nächsten Verwandten auch nicht anders. Und so hatte ich das Bild von meiner Mutter zu korrigieren. Was beklagst du dich, sagte ich mir. Sie hat nicht den Wunsch, ihren Bruder, zu dem sie aus ihren Erzählungen heraus in der Jugend ein sehr enges Verhältnis hatte, nochmal vor seinem Tod zu sehen. Sie fährt vorbei, ganz in der Nähe. Sie ist nicht arm, sie könnte es sich sogar leisten, mit dem Taxi hinzufahren. Zuerst: ich kann meine Kur jetzt nicht antreten, mein Bruder liegt im Sterben. Warten auf den Ter-

min der Beerdigung. Dann: Ich kann nicht zur Beerdigung, ich habe gerade meine Kur begonnen. .... Als ich glaubte, dass Du von der Kur zurück sein müsstest, rufe ich bei Dir an. Ich erfuhr, dass Du schon vor zwei Tagen angekommen bist. Aber man muss ja zu Dir kommen, nicht umgekehrt. Nach Deiner Telefonanruf-Arithmetik wäre ich seit dem 31.7. dran. Wenn ich nicht anrufe, Dich besuche. Nichts. Kein Fragen, ist was los, warum höre ich nichts von Dir? Nein, kaltes Schweigen, gefühlskalt, desinteressiert, trotzig, starrsinnig? Nein, er ist doch dran, ich hab ihn ja angerufen am 31.7. Ein nichtssagender Geburtstagsanruf als ob die Distanz Kontinente betrüge und viel viel Geld kostet. Interesse für die Enkelkinder? Nein, oder doch aber nur bei mir, Euer Haus betrete ich nicht. Die musst Du mir schon bringen, bedauerlich, dass ich sie sowenig sehe. Ja, ich komme schon mal vorbei, um das Haus meines Sohnes meiner Schwester Anni zu zeigen. Da nehme ich auch seine Frau einmal in Kauf, aber sonst nein. Selbst wenn sie arbeitet gehe ich nicht hin, um Enkelkinder und Sohn zu besuchen. Sieht ja so aus als ob ich nur käme, wenn sie nicht da ist. Da muss ich eben auf die Enkelkinder verzichten, wenn sie mir vorenthalten werden. Und so übergehst Du Karls 3. Geburtstag, Ostern, Bettys 6. Geburtstag, Betty's 1. Schultag, Karls Anfang im Kindergarten. Einen Schulranzen hättest Du Betty gern geschenkt, aber den hatten schon lange die Stuttgarter Großeltern angekündigt. Was anderes? Nein. Ein anderes Beispiel: Du wolltest nach Wörishofen. Ja, ich fahre Dich. Am Karfreitag geht´s schlecht bei mir, aber am Samstag? Nein, zu spät, ich will jetzt und nicht so lange warten. Also fährst Du mit der Bahn. Acht Tage später holen die Kinder und ich Dich. Fürs Abholen gibst Du mir 30 Mark, den Kindern nichts. Ach 20 reicht auch, sage ich und Du nimmst 10 zurück. Manchmal hätten uns in den letzten fünf Jahren ein paar Mark bei der Einkleidung der Kinder gut getan. Wir haben´s auch so geschafft. Eure Probleme sind nicht meine, damit müsst ihr fertig werden. Ich bin froh, dass ich mal keine mehr habe. Das kann ich verstehen und hat mich für Dich gefreut. Nur Isolation und Einsamkeit überbrückt man damit nicht. Um kein Missverständnis aufkommen zu lassen, unser gestörtes Verhältnis ist keine Frage des Geldes oder geldwerter Vorteile. Es ist ein zwischenmenschliches Problem. Das hat mir der Tod von Onkel Herbert klargemacht. Ich will nicht moralisieren und sicher hätte ich auch noch etwas tun können, ihn (in Burghausen) besuchen zum Beispiel. Jetzt ist es zu spät. Aber bei uns ist es noch nicht zu spät. Jetzt ist es jedenfalls raus, was ich sagen wollte. Und zwar klarer und deutlicher als jedes mündliche Gespräch es vermöchte, das von Einwendungen, Vorwürfen und Gegenvorwürfen zerhackt wird. Dein Sohn Kurt.

5.

Fünf Jahre nach diesem Brief war die Ehe geschieden. Zu Silvester 1982 hatte er sich allein vor den offenen Kamin gesetzt, eine Flasche Champagner geleert und voll betrunken das neue Jahr 1983 begrüßt. Er war schon Monate vorher ausgezogen. Als er damals wegfuhr, musste er ein paar Straßen weiter anhalten, weil ihm Tränen die Sicht versperrten. Zu Neujahr hatte er das Haus an den neuen Eigentümer übergeben. Das Verhältnis zur Mutter hatte sich wieder eingerenkt. Es sah so aus wie in früheren Zeiten. Den Jahreswechsel im Jahr davor verbrachten beide sogar zusammen in Innsbruck. Genau zu ihrem Geburtstag im Mai hatte er das Scheidungsurteil. Es trug das Datum 10.5.1983. Sie sagte ihm, dass sie das als Geburtstagsgeschenk sehe. Ob sie glaubte, dass er nun von der Neigung zum anderen Geschlecht geheilt sei, und er wieder nur für sie allein da sei? „Weil Du mir gehörst"?

Plötzlich war eine neue Frau an seiner Seite. Beide kannten sich geschäftlich seit vielen Jahren. Er war für die deutschen Finanzen in einem französischen Multi verantwortlich und sie wollte als Bankerin mit ihm hartnäckig eine Bankbeziehung aufbauen, die er nicht brauchte. Wie das so üblich war, um die Dinge zu befördern, wird man dann zu Geschäftsessen eingeladen. Kurz vor seiner Scheidung gelang es ihm, sie privat zu einem Essen einzuladen. Und daraus wurde mehr.

Sie war eine attraktive, große Erscheinung, Anfang vierzig, beruflich erfolgreich und sehr gebildet – und charmant. Aus Männern hatte sie sich bisher nichts gemacht. Vor mehr als zehn Jahren war sie mit ihrer österreichischen Bankausbildung nach ihren zehn „Wanderjahren" in amerikanischen Banken in Paris und London nach München gekommen. Nebenbei hatte sie an der Alliance Francaise und in Cambridge Dolmetscherdiplome erworben, in München noch eine Zusatzausbildung zum „Praktischer-Betriebswirt" absolviert. Damit kam sie nach Bankhaus Aufhäuser und Bank of America in die Führungsetage einer Privatbank der Dresdner Gruppe. Sie hatte die Gabe und die Erfahrung, das Wesentliche in Menschen zu sehen. Wie „Le petit prince" bei Antoine de Saint-Exupéry. In ihrer knappen Freizeit gab sie obendrein Privatunterricht in Französisch und gewann so gute und freundschaftliche Bekanntschaften von Dauer. Eine echte Freundschaft darunter ergab sich bis zu seinem Tod mit einem älteren, kleinen, vom Leben nicht verwöhnten Mann, der Kinderlähmung hatte, ihr „le petit homme". Er kümmerte sich um viel Technisches im Haushalt. Er war gelernter Elektriker und unverzichtbar für die Ignorantin in allem, was mit Strom zu tun hatte. Insbesondere bei Telefonaufträgen, ob alles abgedreht ist, wenn sie verreist war. Er hatte einen kleinen Fiat 500. Beide liebten den Schabernack. So ließ sie sich darin einmal in ganz großer Abendgarderobe bei den Sommerfestspielen vors Nationaltheater fahren. Er öffnete ihr den Schlag und die große Frau entfaltete sich, schritt die Treppe hinauf, wo der damalige Ministerpräsident Alfons Goppel stand und wohl illustre Gäste erwartete. Sichtlich verunsichert, weil er nicht wusste, wohin er sie stecken sollte. Er begrüßte sie ausnehmend freundlich, beide amüsiert.

Das war nun die Frau, die ihm später einmal sagte, dass sie ihm nach einem Geschäftsessen in der Maximilianstraße nachschaute und sich sicher war: Das ist der Mann, den ich gern hätte – aber der ist leider verheiratet.

Im Vorfeld der Scheidung hatte man ihn zu einem Sozialarbeiter geladen, der darüber zu befinden hatte, ob er für das Sorgerecht der Kinder geeignet sei. Natürlich nicht. Das war schnell erkennbar. Anschei-

nend tasteten sich alle in das neue Scheidungsrecht vor. Nachdem er aus dem Souterrain des Bungalows ausgezogen war
und sich eine kleine Wohnung genommen
hatte, war ihm unkompliziert der Umgang
mit seinen Kindern eingeräumt worden.
Seine Ex-Frau bewohnte jetzt mit den Kindern ein Reihenhaus im gleichen Stadtteil.
Als Astrid ihn nach der Scheidung erst-
mals begleitete, als er die Kinder abholte,
änderte sich die Atmosphäre, sie wurde
frostig. Beide Kinder waren bis dahin gern
mit ihm zusammen gewesen. Das kleine
Mädchen war von Anfang an auf ihn aus-
gerichtet gewesen. Er nannte sie seine
Schnappergans, weil ihr Mundwerk immer was zu erzählen hatte. Der Bub war
ein lieber Junge. Hatte seinen eigenen
Kopf. Als er alle gesammelten Kastanien
hinterher wieder in die Isar warf, sagte er
entwaffnend „ich kann mit meinen Kastanien machen, was ich will!" Betty wurde

zu der Zeit schon 11 und der Bruder Karl war 8 geworden.

Er konnte nicht wissen, dass die Frau schon in der Getrennt-Phase ihre Halbtagsstelle bei einem Einrichtungshaus in der Nähe aufgegeben und einen Job bei dem Münchner Büroleiter der ISUV, der Interessengemeinschaft unterhaltspflichtiger Väter, angetreten hatte. Später hatte Astrid einmal mit dem Büroleiter telefoniert, der durchblicken ließ, dass Frau S. irgendwie obsessiv gewesen sei.

Das Verhalten der Tochter an den gemeinsamen Wochenenden änderte sich auffällig. Sie wurde schwieriger. Der Umgang mit beiden Kindern wurde durch Bettys Launen in den folgenden Monaten belastend Mal wollte sie, mal wollte sie nicht. Sich dem auf Dauer auszusetzen war seine Sache nicht. Die Zumutungen, die er während der Trennungsphase im Souterrain seines Hauses ausgehalten hatte, waren nicht vergessen. Es wurde ihm schnell klar, dass die Tochter benutzt wurde, um Astrid einerseits zu provozieren, andererseits mit Fragen zu konfrontieren, die ein Kind in dem Alter selbst nicht stellt. Die Mutter hatte das Sorgerecht, jetzt wollte sie das Umgangsrecht zur Fortsetzung der Demütigung einsetzen. Er brach den Umgang mit den Kindern gegen Jahresende ab. Sie sollten nicht hin- und hergerissen sein, nicht instrumentalisiert werden. Für ihre Entwicklung hielt er das für richtig. Lieber verzichtete er auf sie. Er erinnerte sich, wie er als Einzelkind zwischen den Eltern gestanden hatte. Und natürlich wusste er, dass Astrid nicht hingenommen hätte, das fünfte Rad am Wagen zu spielen. Das war ihr nicht zumutbar.

Auch damit hat die Ex-Frau nicht gerechnet. Lisas Kontrollverlust über ihn blieb nicht ohne Folgen. Ihr Selbstwertgefühl hatte schon darunter gelitten, dass er tatsächlich die Scheidung eingereicht hatte und damit das komfortable mit 21 Jahren begonnene Leben endete. Da wirkten auch Einflüsse aus ihrem Elternhaus nach, von denen er wusste. Das unerwartete Auftreten von Astrid hatte unverkennbar Hass ausgelöst.

Die unterhaltsberechtigte Ex war nicht lange bei der ISUV, dem Verein der unterhaltspflichtigen Väter. Sie hatte Erfahrung gesammelt und das erreicht, was sie zusätzlich wollte: den Kontakt, der ihr, der Berufsfremden, die Anstellung in einer Anwaltskanzlei ermöglichte, zum 1.5.1983. Noch vor dem Scheidungstermin.

Es war eine Dreiersozietät, ein Anwalt von hoch angesehenem Adel, von S., und ein Anwaltsehepaar, ihn nennen wir Dr. K.

6.

Im Juni, einen Monat nach der erreichten Scheidung, hatten Astrid und er sich eine gemeinsame Wohnung genommen. Auf der Prinz - Ludwigshöhe in Solln. Eine Etagenwohnung mit großer Terrasse. Er half beim Umzug. Im Keller ihrer Wohnung öffnete er einen Karton, um zu sehen, was drin ist. Er traute seinen Augen nicht. Es war ein Faschingskostüm. Ein ausladender schwarzer Hut mit grünem breiten Band, ellenlange schwarze Handschuhe, eine lange Zigarettenspitze, eine schwarze Maske nur für die Augen und schwarze lange Netzstrümpfe. Er musste sich setzen. Vor seinem inneren Auge sah er ein Bild, das sich eingeprägt hatte und jetzt wieder da war. Es dürfte an die vierzehn Jahre her sein.

Er war damals Junggeselle und mit einer Freundin im Deutschen Theater auf einem Faschingsball. Paul Kuhn war der Bandleader. Gegen Mitternacht saß er mit ihr auf den Stufen zum Weißwurstkeller. Da schwebte eine langbeinige Schönheit ohne Begleitung an ihm vorbei, ohne ihn auch nur eines Blickes zu würdigen. Dann war sie wieder verschwunden.

Er hatte gefragt, ob sie auf dem Ball gewesen sei. *„Ja"*, hatte sie gesagt, *„es war kurz nachdem ich von London gekommen war. Ich wollte den Münchner Fasching kennenlernen, mich nur amüsieren."* Beide sahen sich fast ungläubig an und lachten. *„Das gibts nicht"* sagte sie, dann fügte sie hinzu *„Gut, dass wir uns damals nicht näher kennenge-*

lernt haben. Das wäre nicht gut gegangen mit deinen Plänen zu Frau und Kindern."

Danach waren sie in einen mehrwöchigen Urlaub in die Vendée gefahren.

Nach der Rückkehr musste er erkennen, dass mit der Mutter wieder das gleiche ambivalente Muster begann. Astrid hatte sich wirklich bemüht. Sie verstand es, Gesellschaften auszurichten, jedem das Gefühl zu geben willkommen zu sein. Damit die Mutter zu einem Besuch bereit war, musste er durch die halbe Stadt in den östlichen Vorort fahren, um sie abzuholen und später auch wieder zurückzubringen. Den Vorschlag, mit einem Taxi zurückzufahren, kommentierte sie so, „dafür kann ich zweimal zum Essen gehen." Es gehörte dazu, fast wie ein Ritual, jeweils vor Geburts- oder Feiertagen Zwist herbeizuführen. So auch kurz vor seinem 47. Geburtstag.

26.Juli 1983 - Liebe Mutter, Dein überraschender Entschluss, die Kinder, die Ihrem Vater von der Mutter vorenthalten werden, wieder sehen zu wollen, und damit auch den Kontakt zu meiner geschiedenen Frau zu suchen, wird von mir nicht gebilligt und auch nicht verstanden. Er steht in völligem Gegensatz zu Deiner Haltung noch vor einer Woche. Ich habe durchaus Verständnis, daß Du mal wieder die Betty sprechen wolltest, auch ich würde das gern. Alles übrige, insbesondere die Einladung zu Dir halte ich nicht für richtig. Ich weiß, Du lässt Dir keine Vorschriften hinsichtlich Deiner Handlungen machen. Dennoch sind sie für mich oft sprunghaft und nicht nachvollziehbar. Sicher ist für mich lediglich, daß Du einer Lisa nicht gewachsen bist, die sogar über befreundete Geschäftskollegen mehr über meine derzeitige Situation und mein glückliches Leben nach der Befreiung aus dieser unerträglichen Ehe zu erfahren trachtet. Daß das alles an dem Tag sein musste, an dem Dich Astrid zu einem Geburtstagsessen für mich *eingeladen hat, wird von mir und von ihr als Affront ihr gegenüber angesehen. Wir bleiben dann lieber für uns. Vielleicht warst Du manchmal enttäuscht, dass wir an den Wochenenden weniger Zeit für Dich hatten, als Du Dir das möglicherweise gewünscht hattest. Vielleicht bin ich aus Selbsterhaltungstrieb ein Egoist geworden, aber ich habe zu lange als "Familienvater" meine Wünsche unterdrücken müssen. Jetzt will ich mein Leben leben und ich habe mit Astrid entdeckt, dass es wundervoll sein kann. Alles andere ist demgegenüber weit in den Hintergrund getreten. Und so soll es auch bleiben! Liebe Mutter, ich habe Dir das in den frühen Morgenstunden nach wachen Stunden geschrieben. Ein Telefonat ist dafür weniger geeignet. Man kann dabei noch mehr aneinander vorbeireden. Ich bin und bleibe Dein Sohn, aber Dich zu verstehen, das ist manchmal verdammt schwer. Dein Kurt*

In der zweiten Jahreshälfte 1983 war der Vorstandsvorsitzende vom Aufsichtsrat ausgetauscht worden. Anstelle eines Deutschen kam ein Franzose. Die Führungsmannschaft wurde gestrafft. Ressorts wurden zusammengelegt, umstrukturiert. Er war nun ohne Familie. Deshalb traf es ihn. Er musste ausscheiden. Rückblickend erwies sich das auf längere Sicht zu seinem Vorteil. Doch zunächst war es schwierig. Nach dem Ausscheiden im Frühjahr 1984 wurden seine Mittel knapper, er wurde wie ein Lediger besteuert. Die Unterhaltsverpflichtungen waren nach den vorherigen Umständen festgelegt worden. Er suchte nach Möglichkeiten, das verfügbare Einkommen zu verbessern, Kosten zu senken. Sein Augenmerk fiel auch auf die Kirchensteuer. Denn die Scheidung hatte natürlich Folgen für ihn als Katholiken. Der ehemalige Ministrant auf der Klosterschule war von da an von den kirchlichen Sakramenten ausgeschlossen. Im Ergebnis zum Katholiken und Kirchenmitglied zweiter Klasse erklärt. Als Kirchensteuerzahler wurde er nicht ausgeschlossen. Den Widerspruch wollte er gelöst sehen. Er begann eine Korrespondenz mit der katholischen Amtskirche. Das „Kath. Kirchsteueramt" München schrieb „Hochachtungsvoll Im Auftrag", dass das Kirchensteuergesetz zwingendes Recht ist und so weiter. Ihm war aber aus früherer Tätigkeit in einem inhabergeführten Unternehmen bekannt, dass dem Unternehmer, der in seiner Kirchengemeinde auch die Orgel spielen konnte, Rabatte oder Sonderkonditionen eingeräumt worden waren. So kam es, dass er zwar seine religiöse Überzeugung, seinen Glauben nicht aufgab, aber sich nach Artikel 2 Abs. 3 des Bayerischen Kirchensteuergesetzes, auf den man ihn verwies, als Konsequenz zur Kirchenaustrittserklärung gedrängt sah. Zudem, der Rausschmiss aus dem Internat durch einen katholischen Benediktinerpater Jahrzehnte zuvor war nicht vergessen, war wieder präsent. Die Begründung von damals, dass sein Verhalten mit den *„Forderungen wie mit dem Geist unseres Hauses nicht vereinbar"* war und der Priester *„unter den gegebenen Umständen nicht anders handeln konnte"*, übernahm er nun. Er konnte auch nicht anders und verließ weiterhin gläubig die deutsche „finanzielle Glaubensgemeinschaft".

Astrid, eine im Kern tiefgläubige Protestantin, hatte im katholischen Vorarlberg als Kind schon einen schweren Stand. Der Vater, ein Textilingenieur, war mit Frau und der ersten Tochter schon 1939 aus dem Sudetenland gekommen. Er war von loyalen Arbeitern gewarnt worden vor dem, was kommen könnte. Und was mit der Vertreibung nach 1945 eintrat. Man glaubte ja, man könne wieder zurück. Während des Krieges und danach führte er eine der Vorarlberger Textilfabriken. 1946, sie war ein kleines Mädchen von fünf Jahren. Da konnte sie nicht verstehen,

warum sie bei der katholischen Fronleich-
namsprozession – die Eltern hatten sie
gleichwohl geschmückt – nicht mitgehen,
sondern nur am Straßenrand stehen durf-
te. Aus Frankreich und aus England war
ihr das Junktim aus religiösem Glauben
und Finanzamt völlig fremd. Die Tren-
nung von Staat und Kirche hatte sie schon
zu Anfang in Deutschland vollzogen. Es
gehörte gleichwohl zu ihrem ferneren
Selbstverständnis, in jeder Stadt und in jedem Kaff im In- und Ausland örtliche Kir-
chen zu besuchen, egal ob katholisch oder
protestantisch. Beide waren sich sicher,
dass im Gebäude des Herrn, wie Gottes-
häuser bezeichnet werden, der Herrgott
keinen Anstoß an ihrer Anwesenheit nehmen würde, wenn sie das Kunstschaffen
der früheren Gläubigen bewunderten.

Seine zahlreichen Bemühungen, ein wieder adäquates Anstellungsverhältnis zu
finden, blieben erfolglos. Er war schon zu

alt. In zwei Jahren würde er 50. Versuche, die Unterhaltszahlungen einvernehmlich vorübergehend zu reduzieren, wurden zurückgewiesen. Jetzt hatte die Ex-Frau einen neuen Anwalt: Dr. K., der Unterhaltsabänderungsklagen trickreich abwehrte. Zu Beginn hatte man schon die Anstellung in seiner Kanzlei verschwiegen. Zu geeigneter Zeit wurde ihr vorher gekündigt. Danach wurde sie in einer der größten Stiftungen für Krebsforschung beschäftigt, die er als Stiftungsvorstand leitete. Vor einem Gerichtstermin wurde sie wieder frei gestellt. Es gab von Seiten seines Anwalts schon Beobachtungen, dass Lisa zu Dr. K. mehr als eine Mandanten-Beziehung unterhielt.

Von den Kindern erhielt er zu seinem Geburtstag Ende Juli 1984 letztmals Post. Die hatte er in Astrids Papieren gefunden. Sie hatte sie aufgehoben.

Danach, nach seiner Hochzeit mit Astrid, war es vorbei:

„Weihnachten 1984

Lieber Karl, liebe Betty! Zum Weihnachtsfest möchte ich Euch beiden viele liebe Grüße schicken. Damit Ihr Euch einen Wunsch erfüllen könnt, habe ich für jeden von Euch je 100 Mark beigelegt. Ich habe gelesen, daß auch ihr beide den Eindruck habt, daß ich mit euch nicht mehr zusammentreffen will. Das mag vielleicht so aussehen, ist aber nicht wahr. Doch zunächst muß einfach das rechtliche Verhältnis zwischen eurer Mutter und eurem Va-

ter entkrampft und bereinigt werden. Auf meine Briefe an euch vom September habe ich keine Antwort bekommen. Auch für mich sieht es so aus, als wolltet ihr von mir nichts mehr wissen. Ich habe euch sehr lieb und daran wird sich nichts ändern, auch wenn ihr mich vielleicht nicht verstehen könnt. Ich wünsche dir, liebe Betty und dir, lieber Karl zusammen mit eurer Mutter ein frohes Weihnachtsfest und ein gesundes neues Jahr. Und darin, so hoffe ich, ein Wiedersehen. Euer Papi."

Er hatte gehofft, dass seine Mutter zu seiner Hochzeit mit Astrid im Oktober 1984 nach Vorarlberg mitkommen würde. Sie wollte nicht. Wenigstens nahm sie vorher noch eine Einladung zu einem Essen in einen Landgasthof bei Ebersberg an. Irgendwie gefiel es ihr nicht. War es das Essen, war es etwas anderes? Sie wirkte mehr als missmutig. Zuhause in ihrer Wohnung – Astrid blieb lieber im Wagen – kam es darüber zu einem Wortwechsel, an dessen

Ende sie ihn wütend aufforderte: „Hau doch ab!" Es waren ihre letzten an ihn gerichteten Worte. Sie war 75 Jahre alt.

War es Eifersucht, auch auf diese neue Frau an seiner Seite? Einer ihrer Wahlsprüche „wer sich in Gefahr begibt, kommt darin um" nahm seinen Anfang, aber, anders als sie annahm, für sie selbst und nicht für ihn. Sie hatten sich von einander entfernt. Rückblickend, mehr als drei Jahrzehnte später, hat er sich oft gefragt, warum er es nicht geschafft hat, seine Mutter wieder zu besuchen, zu fragen wie es ihr geht, ob sie zurechtkommt. Wenn er in der Nähe vorbeikam, hatte er immer die Absicht, stehen zu bleiben. Aber der Satz, den sie der Geschiedenen angeblich einmal gesagt hat, *„er kommt doch immer wieder angekrochen"* hielt ihn ab. Es war zu viel zerstört. Er wollte einmal wissen, ob sie nicht doch einmal nachgibt, einen Schritt auf ihn zukommt. Heute,

Jahrzehnte später weiß er sicher, es ist nicht nur eine Vermutung. Sie muss sich Sorgen gemacht haben hinsichtlich seiner Zukunft, die damals nach ihrer Einschätzung alles andere als gesichert war. Geschieden, das Haus verkauft und ohne Anstellung. Da hatte sie recht. Und dann erneut eine Ehe eingehen? Aber etwas stand ihr auch im Wege: ihr Hang zu einem gewissen Maß an Sturheit, den man, wie Astrid einmal meinte, den im Sternzeichen Stier Geborenen nachsagt. Sie konnte anscheinend nicht verstehen, dass, allen Widrigkeiten zum Trotz, Astrid mich heiratet, weil sie mich liebte, an mich glaubte und weil sie sah, dass ich sie brauchte, um den Anfeindungen zu widerstehen.

Ein paar Monate nach ihrer Hochzeit hatte er sich selbstständig gemacht. Begleitet von erfolglosen Unterhaltsabänderungsverfahren gestaltete sich der Anfang schwierig, Finanz-Knowhow mit Softwareentwicklung zu verbinden. Seine Frau gab ein Jahr danach ihre Führungsposition in der Bank auf. Ihre Marketingfähigkeiten wurden entscheidend für den Erfolg. In dieser Zeit brachen seitens der Ex Anzeichen von offen erklärtem Hass durch. War der Auslöser, dass **er,** nicht sie, die Scheidung eingereicht und durchgesetzt hat, dass er so schnell nach dem Mai 1983 mit einer neuen Partnerin erschien, die ihr möglicherweise Komplexe bereitete? Entscheidend dürfte gewesen sein, dass unterstellt worden war, er hätte seinen Führungsposten in der Aktiengesellschaft bewusst aufgegeben, um sich den Unterhaltsverpflichtungen zu entziehen.

7.

Als er sich im Zuge der Selbständigkeit beruflich bedingt in Österreich und den USA aufgehalten hatte, fand sich auf dem

Anrufbeantworter einmal eine Ansage mit verzerrter Stimme

Ich heisse (unverständliches Geräusch),Ich heisse (unverständliches Geräusch),ich werde Sie ruinieren. (Schnaufen-Pause),Ich werde es tun.

Astrid hatte das Band aufgehoben, es aufgeschrieben. Er fand das jetzt in ihren Papieren. Dort auch eine Notiz: *„Gegenüber Dritten hat Frau S auch geäußert, daß sie meinen Mann fertig machen wird, denn sie hat einen Anwalt zum Freund. (Dr. K.)"*.Natürlich mit vollem Namen und wer sie davon unterrichtete. Es war der befreundete Bauingenieur, der 1972 sein Haus gebaut hatte. Er und seine Frau waren 1984 in Vorarlberg Trauzeugen gewesen, hatten sich dann aus ungeklärten Gründen seiner Ex-Frau zugewandt, auch mit der naiv provokanten Frage, ob man schon die erste Million verdient habe.

Als es zu Sachbeschädigungen in der Tiefgarage, zu Steinwürfen auf die Terrasse kam, rieten Polizei und Anwalt dazu, einen räumlichen Abstand zu schaffen. Nach Abwägen von Für und Wider verlegten beide zuerst Büro und Monate später auch die Wohnung nach Lindau an den Bodensee.

Im April 1987 hatte er seinen letzten Brief an Lisa geschrieben: *„... ich schreibe Dir heute zum letzten Mal. Vor einigen Jahren habe ich Dir in einem Brief geschrieben, dass es für Dich einen Zugang zu mir nie mehr geben wird. Gleichwohl habe ich mich bemüht, entsprechend meinen Möglichkeiten wenigstens meinen finanziellen Verpflichtungen gegenüber den Kindern nachzukommen. Die Kinder hatten sich seinerzeit für Dich und gegen mich entschieden. Das Jugendamt der Stadt München und das Familiengericht haben Dir das Sorgerecht übertragen und meine Bemühungen, wenigstens im Rahmen des mir* zugestandenen Umgangsrechts den Kindern Gutes zu tun, wurden von Dir vereitelt. Direkt an die Kinder gerichtete Fragen, ob sie nicht den Wunsch hätten, mit ihrem Vater wieder einmal zusammenzukommen, blieben unbeantwortet. Selbst zu meinem 50. Geburtstag war ich den Kindern keine Zeile mehr wert. ....Wie Du siehst, bin ich noch in der Lage Dir zu schreiben und Dir auch Deine Bitte zu erfüllen, Dich in Zukunft von Mitteilungen und Zahlungen aus dem Haus meiner Frau zu verschonen. Mein Selbsterhaltungstrieb ließ mir damals keine andere Chance als dem Dauerdruck, den Du mit Hohn und eiskalter Berechnung erzeugt hast, durch die Scheidung zu versuchen auszuweichen. Das hat sich nach der Scheidung leider nicht geändert. Heute spielst Du die arme verlassene unschuldige Ehefrau. Aber in Deinem Leben sind ja immer alle anderen schuld gewesen. Nicht zuletzt Deine Eltern, denen Du wiederholt Vorwürfe wegen Deiner ungenügenden Erziehung und Ausbildung gemacht hast. Vielleicht *hast Du sogar recht, denn Deinem Bruder ist seine Frau ja ebenfalls 1981 nicht von ungefähr davongelaufen . Ich hoffe nur, dass Du es bei unseren Kindern besser machst. Der Gedanke, dass Du auch noch deren Leben verpfuschen könntest ist unerträglich. So, und damit ist endgültig Schluss zwischen mir und Dir. Ich kann Dir nur empfehlen: Mach das Beste aus Deinem Leben, steh endlich mal auf eigenen Beinen. Mit 20 Jahren bist Du mit dem Handköfferchen nach München gekommen. Mit 24 hast Du im "eigenen" Haus in Waldtrudering gewohnt. Mit einer Viertelmillion hast Du es verlassen. Und wenn das Rindvieh zu nichts mehr nutze ist, dann will man es schlachten. .... Vielleicht liest Du mal wieder die Bremer Stadtmusikanten. In gewissen Umständen als gemeinsame Bettlektüre, wenn Du Deine Anwaltshonorare begleichst."*

Gegen Ende 1987 hatte Astrid die Anwältin K., die Frau von Dr. K., angerufen. Die hatte inzwischen eine eigene Kanzlei in

Schwabing und war der Meinung, eine mögliche Mandantin zu bekommen.

Astrid protokollierte danach am Sonntag, den 20.12.1987 :

„Am Freitag morgen um 9.00 Uhr rief sie mich zurück und teilte mir in einem sehr offenen Gespräch folgendes mit:

Sie lebt zusammen mit ihren zwei Kindern im gemeinsamen Haus. Ihr Mann ist vor mehr als einem Jahr wegen seinem Verhältnis mit Frau S. ausgezogen, lebt aber nicht mit ihr zusammen. Seit Eintritt von S. in die gemeinsame Kanzlei richtete sie viel Unheil an, was schließlich zu ihrem eigenen Ausscheiden aus der Kanzlei S., Dr. K, K. führte. Nach Aussage von Frau K., die alles in Ihrer Macht stehende versucht, um ihre Ehe zu retten, besteht begründete Aussicht, dieses Ziel zu erreichen. *"Frau S. wird nicht auf der Siegerstraße sein."*

Astrid kommentierte: „Aus diesem Telefonat ist zu entnehmen, daß die sehr enge intime Beziehung zwischen Dr. K. und S. zu Ende geht. Die Auswirkung des Gesprächs mit Frau K. bekam ich gestern, am 19.12.1987 um 17:30 Uhr zu spüren. Frau S. sprach mich zum ersten Mal, seit ich meinen Mann kenne, telefonisch an. Es war ihrerseits ein höchst emotionsgeladenes Gespräch, dessen wesentlicher Kern sich aus meiner Sicht wie folgt zusammenfassen lässt: 1. Meine Vorgehensweise hat wohl voll getroffen. Ihre Beziehung zu Dr. K. ist nicht mehr "intakt". 2. Sie scheint gedrängt zu werden, einem Vergleich von mtl. DM ... zuzustimmen...3. Ihre Art und Weise, wie sie immer noch meinen Mann als "ihren" Mann beansprucht *(Das ist mein Mann, schließlich war ich 13 Jahre mit ihm verheiratet)*, macht mir insofern Sorge, als das nahezu krankhafte Züge aufweist. Ich wurde allen Ernstes gefragt, ob er überhaupt noch lebt und ob ich jemanden von uns tot sehen will."

Erst Jahre später wurde klar: Die Anwältin K. konnte zu der Zeit nicht wissen, dass ihr Mann, Dr. K., schon unentrinnbar der Arachne ins Netz gegangen war. Er saß in der Falle.

8.

Im folgenden Frühjahr, er war gerade vom Büro in Lindau in die Wohnung nach München gekommen, wurde er an einem Freitagnachmittag von der Polizei festgenommen und in die Ettstrasse eingeliefert. Er wurde erkennungsdienstlich behandelt, Fotos von allen Seiten, Fingerabdrücke, Gürtel und Schuhsenkel wurden abgenommen. Er kam in einen Sammelhaftraum. Etwa ein knappes Dutzend waren schon drin. In einer Ecke war ein Klo. An der Tür war keine Klinke. Mehr zu dem in schmutziggrün gestrichenen Raum mit ein paar Pritschen und einer Funzel an der Decke gibt es nicht zu berichten. Nach geraumer Zeit wurde er angesprochen *„was hast denn du verbrochen, warum bist du hier?"* Er hörte sich sagen *„Unterhaltspflichtverletzung"*. Sie sahen ihn entgeistert an. Irgendeiner raunte *„die Alte würd ich umbringen"*. Die Nacht verbrachte er auf einer Pritsche. Er machte kein Auge zu. Er wusste, dass Astrid Himmel und Hölle in Bewegung bringen würde, um ihn hier rauszukriegen.

Weil die Versuche, Unterhaltsabänderungen beim Familiengericht zu erreichen, nichts brachten, hatte er nur Kinderunterhalt bezahlt, nicht den Ehegattenunterhalt. Sie war ja nicht mittellos, hatte eine Viertelmillion, die Hälfte aus dem Hausverkauf nach Abzug der Schulden bekommen. Dafür, dass sie mit Nichts in die Ehe gekommen war. Dass sie in ihrem blinden

Hass so weit gehen würde, das hatte er nicht erwartet.

Am nächsten Vormittag wurde er dem Ermittlungsrichter beim Amtsgericht München, Abteilung für Strafsachen, vorgeführt. Ein Strafverfahren wurde eingeleitet und eine Kaution von zehntausend Mark angesetzt. Er hatte sogar noch Glück, denn an einem Samstag an Geld zu kommen, war nicht möglich. Der Richter gewährte Frist bis Montag um 12 Uhr, ließ ihn aber sofort unter Meldeauflagen gehen. Seine Frau war da. Den "Beschluss, der Haftbefehl des Amtsgerichts vom 25.11.1987 ….. wird … außer Vollzug gesetzt", hat er heute noch.

Es kam zum Straftermin im Justizzentrum beim Stiglmaierplatz. Vor dem Sitzungsaal traf er auf die, die das in Gang gebracht hat, zusammen mit Dr. K.. Sie schienen zufrieden, ein lauernder Blick aus einem schrägen Kopf des Anwalts K. traf ihn. Der lehnte mit dem Hintern an einer Fensterbank. Ein großer Saal. Viele Leute saßen auf den Zuschauerplätzen. Noch vom vorhergehenden Prozess. Vorne ein Einzelrichter, energisch, dem man den Strafrichter anmerkte. Er weiß den Namen D. noch sehr genau. Die Sache war nach zwei Minuten vorbei. Der Richter sah ihn und die beiden Anwälte an, die er dabei hatte, und meinte mit lauter fast unwirscher Stimme *„Unterhaltspflichtverletzung – die hat hier nichts zu suchen, gehen Sie zum Familiengericht."* Und damit war die Sache beendet. Irgendwie hatte er das Gefühl, der Richter wollte die beiden Parteien nur mal sehen. Er ging. Nach den anderen drehte er sich nicht mehr um.

Seitdem hat er Dr. K. nie mehr gesehen. Es muss ihm wohl peinlich gewesen sein. Er besorgte seiner Freundin einen Anwaltskollegen. Einen von der üblen Sorte, vor

Gericht handzahm, aber in den Schriftsätzen bösartig. Der war nun der Gegner im weiteren Verlauf der Unterhaltsabänderungsverfahren. Es landete in der Berufung beim Oberlandesgericht München, dem roten Backsteinbau. Er erinnert sich an den Vorsitzenden Richter: Gerhard H. Sch.. Ein viereckiger Kopf mit Brille. Er wurde von ihm lautstark angefahren wie ein Schwerverbrecher, griff sich die Abendzeitung, die er sich schon bereit gelegt hatte, *„hier da wird ein Lagerarbeiter gesucht. Dann müssen Sie eben sowas machen."* Er weiß nur, dass er überrascht war, es ihn aber nicht beeindruckte. Wenn man schon Jahresabschlüsse in der Pariser Konzernzentrale vorgetragen hatte, dann wusste man, dass es schon mal laut werden kann. Dann schätzte er das Alter des oben in der Mitte Sitzenden, der kaum älter sein konnte als er, sah den von der Gangart überraschten neuen Anwalt gegenüber, der süffisant das Gesicht verzog. Der unmittelbar vor ihm sitzende Berichterstatter schien konsterniert. War bemüht um Beruhigung. Vor Zivilgerichten geht es eher zivilisiert zu. Der eigene Anwalt schien gar nicht da zu sein. Was hätte er auch tun sollen? Danach dauerte es nicht lange. Der Berichterstatter hatte die Gesprächsführung übernommen. Sachlich.

Seine Frau hatte eine Anwältin gebeten mitzukommen. Beide waren vor dem Sitzungssaal geblieben, hatten den schreienden Richter gehört. Die Anwältin wirkte verstört. Sie meinte nur zu ihm, *„so etwas habe ich noch nie erlebt."* Er zuckte nur mit den Schultern.

Hinterher gab es für ihn keinen Zweifel. Es war kein Zufall, dass seine Sache vor diesen Senat kam, vor diesen „Vorsitzenden". Der war eigentlich Spezialist für Medizinrecht, Mitglied von einschlägigen Kommissionen der Fakultät für Medizin usw. und bei der von Dr. K. geführten Stiftung, die er auftragsgemäß aus einer etwas chaotischen testamentarischen Hinterlassenschaft zu organisieren hatte, handelte es sich um *„eine der bedeutendsten unabhängigen Wissenschaftsförderinnen medizinischer Forschung, insbesondere im Bereich innovativer Krebsforschung in Deutschland und der Schweiz."* Es wimmelt dort nur von Medizinern in Räten und Beiräten.

Was das „Auftreten" des Richters anlangt. Heute, dreißig Jahre später weiß er, OLG Richter Sch. war seit 1961 ein Mitarbeiter von Theodor Maunz gewesen, der in dieser Zeit bayerischer CSU Kultusminister war. In heutigen Enzyklopädien steht dazu *"Nach dem Bekanntwerden seiner NS-Vergangenheit trat er als Minister zurück und publizierte bis zu seinem Tod u.a. anonym in der National-Zeitung."* Wohl deshalb waren ihm während dessen Tirade Bilder zu Dokumentationen über Roland Freisler in den Kopf geschossen. Prägung in jungen Jahren wirkt nach. Dennoch: die Unterhaltsverpflichtungen wurden endlich herabgesetzt. Dazu trug bei, dass Dr. K. und Lisa mit den Kindern nun eine Doppelhaushälfte in Waldperlach bewohnten, was freundliche ehemalige Nachbarn des zuvor bewohnten Reihenhauses verrieten.

9.

Es sah so aus, als wäre Ruhe eingekehrt. Mit Datum 8. September 1990 erhielt er von der inzwischen 18jährigen Tochter einen handschriftlichen Brief. Beigefügt die Kopie vom Abiturzeugnis. Sie möchte Grafik-Design studieren und habe schon die Aufnahmeprüfung bestanden. Der eigentliche Grund war, dass sie Bafög beantragen will und dazu brauche sie Angaben auf einem Formblatt. Vielen Dank Deine Betty und als PS *„Wenn Du Lust hast mich einmal wiederzusehen, dann ruf mich an."*Das war alles. Er hatte keine Lust. Es war Verstand und Instinkt. Verstand, weil er damit sich untreu würde. Vor sieben Jahren, als die Verbindung wegen der Schikanen beim Umgangsrecht abbrach, hatte er Lisa schon angekündigt, wenn ich jetzt gehe, *„für dich wird es einen Zugang zu mir nie mehr geben"*.

Was danach kam, war kein Rosenkrieg, es war ein Krieg mit Vernichtungsabsicht gewesen. Und der Instinkt sagte ihm, er hatte die Tochter seit sieben Jahren nicht mehr gesehen, man würde Belanglosigkeiten austauschen „wie geht's dir, was machst du". Es bestand kein Grundvertrauen mehr. Sie war ihm fremd geworden. Betty war vermutlich ein Abbild ihrer Mutter.

In den Folgejahren kamen in gleicher Weise Schreiben vom Sohn Karl, dass er jetzt studieren wird und dieses oder jenes Formular ausgefüllt brauche.

Von seiner eigenen Mutter hörte er nichts mehr. Sie hatte vor Jahresende 1970 in ihrem Brief geschrieben *„aber erwarte von mir nicht, dass ich auch nur einen Schritt auf Dich zukomme."* Das Wort **einen** unterstrichen. Nach allem wollte er diesmal nicht wieder einknicken, „angekrochen" kommen.

Jetzt, fast fünfzig Jahre später findet er in ihren Aufzeichnungen eine Schreibmaschinennotiz vom
„Sonntag, den 20. Juni 1971 abds. 10 Uhr"
„Habe bei Kurt angerufen um mich zu erkundigen, ob ich noch als Mutter existiere. Bei dem Gespräch sagte er mir, dass Lisa gesagt habe, ich hätte am Telefon gesagt, dass er immer wieder angekrochen käme. Ich sagte, das ist eine glatte Lüge. Aber er glaubt nicht mir, sondern Lisa. Da sieht man doch wer quer

schießt. Ich beteuerte, dass ich tot umfallen dürfe, wenn ich das gesagt habe. Ich wünschte noch eine gute Nacht und sagte nochmals, das ist eine glatte Lüge."

Was ist wahr und was nicht? Das lässt sich nicht mehr klären. Hatte Lisa bereits einen Monat nach der Hochzeit im Mai 1971 zu intrigieren angefangen? Eine unglaubliche Vorstellung. Es sind häufig Sätze, unbedacht oder leichtfertig dahingesagt, geschrieben, aber auch in Wut geäußerte, die eine verheerende Wirkung entfalten.

10.

Ende März 1994 kam er mit seiner Frau von einer Reise zurück. Damals gab es eine kleine aber feine Reiseagentur, die sich auf kulturelle Ereignisse spezialisiert hatte. Sie waren einige Tage in Venedig und im La Fenice. Eine denkwürdige La Bohéme hatten sie erlebt, an die sie oft wehmütig zurückdachten, als wenig später das ganze Opernhaus bei Renovierungsarbeiten in Flammen unterging. Man hatte sehr angenehme Menschen getroffen, fröhlich weit abseits in einem kleinen Restaurant gefeiert. Er hatte immer ein Gespür, solche Lokalitäten zu finden, wo Touristen üblicherweise nicht hinkamen. Zu der Zeit war alles noch überschaubar. Mit Entsetzen hatten sie in den letzten Jahren im Fernsehen gesehen, was daraus geworden ist.

Im Briefkasten lag ein Schreiben seiner Ex-Frau. Sie teilte darin lapidar mit, dass seine Mutter 1987 einen Schlaganfall erlitten habe und jetzt am 15.3. in einem Pflegeheim in Kirchseeon gestorben sei. Und dass sie die gesetzliche Betreuerin war.

1987, 1987 er kann sich nicht erinnern, wie oft er diese Zahl genannt hat. Er war wie versteinert. Das sind sieben, sieben Jahre ! sieben Jahre !!

11.

Heute ist Freitag, der 13. März 2020. Die Nachrichten überschlagen sich. Die Welt gerät aus den Fugen. Es ist diesmal nicht menschengemacht, oder doch? Ein neues Virus mit dem sinnigen Namen Corona, gegen das es kein Mittel gibt, kein Antibiotikum, keinen Impfschutz. Es greift die Lunge an. Die Bilder, soweit man sie im Fernsehen zeigt, sind erschreckend. Er hat den Krankheitsverlauf bei Astrid erleben müssen. Die, die in ihrem Leben nie eine Zigarette angerührt hatte. Vor neun Jahren, da war sie erst 69, hatte man einen kleinen Herd am unteren rechten Lungenflügel entdeckt. Er konnte entfernt werden. Sie hatte Glück gehabt. Nichts hatte gestreut. Voriges Jahr war der Krebs zurückgekehrt, unbemerkt, tückisch. Die jährliche Vorsorgeuntersuchung im Mai ohne Befund. *"Nächstes Jahr, machen wir dann wieder eine genauere Untersuchung"* sagte der neue Lungenfacharzt, der die Praxis übernommen hatte. Am 1. September, nach nur drei Tagen im Hospiz, starb sie unter Gabe von Morphin gegen die furchtbare Atemnot. Zwei Wochen zuvor hatte er sie aus der Klinik nach Hause geholt. Es war ihr trotz Sauerstoffgerät nicht vergönnt, in ihrem Haus zu sterben. Er musste sie ins Sterbehospiz nach Lindau bringen. Er wird ihren letzten Blick hinauf zu ihrem Schlafzimmerfenster beim Wegfahren nie vergessen.

Hatte es einen Sinn, dass sie das jetzt nicht mehr erleben muss? Gläubig war sie immer. Auf den Innenumschlagseiten ihres Adressbüchleins, mit dem sie Anfang der 1960er Jahre nach Paris gegangen war, stand in ihrer Handschrift *„Herr, wie Du willst, soll mir gescheh'n und wie Du willst,* *so will ich geh'n, hilf Deinen Willen nur ver-steh'n."* Das fand er in ihrer Schreibtisch-schublade.

Zeichnung Armin Pramstaller, „Der lieben Astrid von Armin aus unserer Jugendzeit"

In den letzten Monaten hatte er furchtbar darunter gelitten, dass sie nicht mehr da war. Er hatte alle Papierfotos und CDs durchsucht nach Aufnahmen aus glückli-chen Tagen. Damit konnte er leicht vier Alben füllen. Er war oft an den Automa-ten im Drogeriemarkt gestanden, an de-nen man sie selbst ausdrucken kann. Und in allen Räumen des Hauses stehen Bilder von ihr.

Er gehört jetzt zu den „Alten mit Vorer-
krankung", die sich am besten in der Öf-
fentlichkeit nicht mehr sehen lassen. Zu
ihrem eigenen Schutz. Besuche von Kon-
zerten, Opern, Balletten, Theatern sind ohnehin nicht mehr möglich. Astrid und er
hatten viele Aufführungen besucht. Als
die von ihr verehrte Jessye Norman genau
am letzten Tag dieses Septembers 2019
starb, sagte er sich, jetzt singt sie exklusiv
da oben für sie. Und genau drei Monate

nach ihr, am 1. Dezember, verließ Mariss Jansons, den sie und er im Herkulessaal oft erleben konnten, sein Dirigentenpult, um auch dort zu wirken. Und im Februar 2020 kam eine weitere von ihr geliebte Sopranistin dazu: Mirella Freni. Sie ist nicht allein. Das tröstete ihn etwas.

12.

1987, 1987 hatte er damals 1994 fassungslos immer wieder wiederholt. Dieses verfluchte Jahr. Am 13. Januar, es war die kälteste Nacht des Jahres in München, wäre Astrid in Harlaching fast gestorben. Sepsis im Unterleib von einer Spirale, eine Not-OP hat sie gerettet. Sie hat sich ein Bild aus der Süddeutschen aufgehoben, ein Bild wie aus Moskau:

„MÜNCHEN Die kälteste Nacht dieses Winters war bisher die Nacht zum Dienstag. Beim Siegestor (unser Photo) wurden 22 Grad am Flughafen Riem ein Tiefstwert von minus 26 Grad in Neubiberg sogar von minus 29 Grad gemessen. Das war vermutlich auch die Rekordmarke dieses Winters, denn schon für die Nacht zum Mittwoch sagte Winfried Knobloch, der Meteorologe vom Dienst im Wetteramt eine Frostabschwächung auf „nur" minus 15 Grad voraus, neuen Schneefall frühestens für den Donnerstag. tom/ Photo: Regina Schmeken".

Im Rettungswagen hatten beide Sorge, dass der Diesel einfriert und er nicht die Steigung am Tierpark zum Annakircherl rauf kommt. Jetzt das noch. Seit sieben Jahren muss seine Mutter eine Geisel von Lisa gewesen sein. Was ist da geschehen?

Astrid hatte noch gesagt, dass sie manchmal ein dumpfes Gefühl hatte in Venedig.

Venedig und Tod, ein Klischee. Man sieht überall Särge, Särge aufgereiht an einer Werkstatt und Gondeln auf dem Weg zur Friedhofsinsel San Michele.

Er hatte in Kirchseeon angerufen. Bei der Verwaltungsleiterin. Auf einem Zettel hat er sich notiert: Frau S. sei seit November 1987 da gewesen. Sie wäre von woanders hierher verlegt worden. Monatliche Kosten 4.200. Alles bezahlt. Totenschein etc. alles bei L.S., die als einzige Angehörige auftrat.

Er fuhr hin. Von seinem Erscheinen dort war man überrascht. Lisa S. sei fast immer alleine gekommen. Ihr Ex-Mann habe sich in die USA abgesetzt. Zahle keinen Unterhalt. Deswegen müsse sie sich um ihre ehemalige Schwiegermutter kümmern. Ab und zu waren auch zwei Jugendliche dabei. Andere Besuche? Nein. Seine Mutter wäre in sehr schlechtem Zustand gewesen.

Sprechen konnte sie nicht. Nur manchmal konnte man an den Augen eine Reaktion erkennen. Ab und zu auch im Krankenhaus. Seinen Hinweis, dass er wieder verheiratet und seine Frau jederzeit ein Ortsgespräch entfernt gewesen sei, erwiderte sie mit Schweigen. Frau S. war Betreuerin, habe die Einäscherung am Ostfriedhof veranlasst.

Er konnte gerade noch verhindern, dass die Betreuerin die Urnenbeisetzung in Kirchseeon vornehmen ließ. Sie wurde in dem seit 1912 existierenden Familiengrab in Mühldorf am Inn bestattet. Seine Frau und er setzten Bodendeckerrosen und eine kleine Zuckerhutfichte.

13.

Er kann heute, mehr als ein Vierteljahrhundert danach, nicht beschreiben, was er damals empfand. Er wollte nur wissen, was davor, vor dem November geschehen war. Er erinnerte sich, im November war doch der Haftbefehl gegen ihn erlassen worden. Er sah in dem Papier nach. Ja, dort steht „Beschluss: der Haftbefehl des Amtsgerichts vom 25.11.1987 ….. wird … außer Vollzug gesetzt". Einen knappen Monat später, am 19.12., hatte Lisa seine Frau wütend angerufen. Wegen des Telefonats mit der Rechtsanwältin K.

Die Mutter hatte im ersten Stock eines Wohnblocks mit mehreren Etagen ihre Wohnung gehabt. Unten im Haus war eine Bankfiliale. Die Familie, die in der Nachbarwohnung gewohnt hatte, wohnte zum Glück noch da. Beide, Herr und Frau E. konnten sich noch gut erinnern. Sie hatten ihr häufig am Morgen die Zeitung mit hochgebracht. Sie seien verreist gewesen und kamen am 3. Juli 1987 zurück. Sie hatten sich gewundert, dass die Wohnungstür bei ihr nur angelehnt war. Als das ein paar Stunden später immer noch der Fall war, hatten sie geklopft und gerufen. Dann hatten sie noch andere Bewohner aus dem Haus als Zeugen gebeten und sind in die Wohnung. Sie fanden seine Mutter im Wohnzimmer, weit weg von der Tür am Boden in ihren Exkrementen liegend. Es war ein schrecklicher Anblick. Sie habe gelebt, aber nicht antworten können. Dann hatten sie die Rettungskräfte gerufen. Die haben nach Angehörigen gefragt. Ihnen sei Lisa S. mit den Kindern eingefallen, die dann aber erst Tage später kam. Sie hatten sich erinnert, dass die Nachbarin ihnen gesagt habe, der Sohn sei geschieden, er soll jetzt im Ausland sein. Sie habe aber keinen Kontakt. Von einer Wiederheirat wussten Herr und Frau E. nichts. Anhand des Datums der Zeitung, die offen auf dem Tisch lag und der anderen Zeitungen, die noch unten im Briefkasten lagen, musste der Schlaganfall am 29. Juni gewesen sein. Demnach wäre seine

Mutter von Montag bis Freitag hilflos in der Wohnung gelegen.

Die Würfel des Lebens fallen manchmal eigenartig. Auf einer Kommode hat er bei sich ein Foto im Rahmen aufgestellt. Er sieht es oft an. Ein kleiner ernster Bub von fünf bis sechs Jahren zwischen seinen Eltern. Streng gescheiteltes Haar, geschlossenes Hemd, dunkel längs gestreifter Anzug. Der Blick klar und ernst in die Kamera gerichtet. Links die Mutter, rechts der Vater. Ein Bild aus den Kriegsjahren in Berlin. Der Vater ist an einem 28. Juni gestorben. Die Tochter des kleinen Buben an einem 28. Juni geboren. Betty hatte am Tag vor dem Schlaganfall den 15. Geburtstag.

Er hatte eine Vorstellung, was passiert sein konnte. Beim Betreuungsgericht in Ebersberg ließ er sich die Akten geben. Er war erschüttert, das alles zu lesen. Ein siebenjähriges Martyrium, einschließlich Bettfixierungen. Das wünscht man seinem ärgsten Feind nicht. Die Buchhaltung der gesetzlich als Betreuerin eingesetzten Lisa. Die Heimkosten der Betreuten, beglichen aus Mitteln der Betreuten. Die Steuererklärungen und Bescheide für die Betreute. Auftraggeber die Betreuerin, Auftragnehmer der Anwalt Dr. K. in seiner Eigenschaft als Steuerberater, der er auch war.

Es war im Wesen seiner Mutter vorstellbar gewesen, dass sich das Verhältnis zu Lisa und den Kindern wieder abgekühlt hatte. Dass sie erkannte, sich auf die falsche Seite gestellt zu haben. Aber diesen einen Schritt konnte sie nicht gehen. Dass sie den 15. Geburtstag der Enkelin am Sonntag, dem 28. Juni, überging und deshalb tags darauf Besuch bekam. Allein, oder mit den Kindern? Dass sie nicht aufmachen wollte, es dann aber doch tat. Dass es zum Disput / Streit kam. Dass seine Mutter längst etwas gesehen hatte, was er mangels Umgang nicht sehen konnte? Dass man, als sie erregt zusammenbrach, panikartig die Wohnung verließ, die Tür nur angelehnt, es würde sie schon jemand finden? Das waren seine Überlegungen. Dass man nicht wissen konnte, dass sie erst fünf Tage später gefunden wird. Dass sie nach so langer Zeit überhaupt noch lebte? Deshalb die tagelange Zeitspanne bis sie sich sehen ließ? Und der Satz gegenüber Astrid im Telefonat vom 19.12.1987 „...ob ich jemanden von uns tot sehen will."

Juristischer Beratungsbedarf! Der war ganz nah.

„If you want to catch a thief you have to think like a thief", - wenn du einen Dieb fangen willst, musst du denken wie ein Dieb, – hatte seine Frau damals gemeint. Ein Spruch aus ihrer Tätigkeit in einem American Express bankinternen investigation department in Kooperation mit Scotland Yard in London. Wer übernimmt schon freiwillig und ohne Not eine solche Betreuung, wenn man es nicht muss? Sie hätte nur auf den Sohn oder seine Frau verweisen müssen. Die Telefonnummer hatte sie. Am 19.12.1987 hatte sie Astrid angerufen.

Aber dann hätte es Untersuchungen und Befragungen gegeben. Nicht auszudenken, wenn die Ex-Schwiegermutter sich doch noch hätte äußern können. So musste die Betreuerin sieben Jahre lang auf ihren endgültigen Tod warten. Gestorben war die ehemalige Schwiegermutter, seine Mutter, eigentlich schon am 29.6.1987, einen Tag nach dem Todestag seines Vaters. Allem Anschein nach war Lisa mit Dr. K.'s Unterstützung gesetzliche Betreuerin einer sie finanziell nicht belastenden lebenden Toten geworden.

Er dachte an die Briefe der Kinder in all den Jahren. Die Tochter war inzwischen fast 22 Jahre, der Sohn kurz zuvor 19 geworden. Infames Schweigen auch bei ihnen!

Wann genau das war, das ist ihm entfallen. Irgendwann hatte er im Hinblick auf das Zusammenleben Lisas mit Dr. K. in der Doppelhaushälfte in Waldperlach die Zahlung des Ehegattenunterhalts eingestellt. Es wurde hingenommen. Die Anwältin K. hat nicht recht behalten. Ihr Mann kam nicht zurück. Nach allem sieht es so aus, dass er Lisa heiraten musste. Das hat sie erreicht. Sie heißt jetzt Lisa K. Der Ehemann ist Dr. jur., Steuerberater, Ehrenvorsitzender der Siftung, Bundesverdienstkreuzträger, und natürlich Rechtsanwalt. In diesen Tagen wird er 80. Glückwünsche zur Hochzeit hat er nicht übersandt. Obwohl, es wäre angebracht gewesen. Sein Anwalt, mit dem er bis 1983 die

Scheidung durchgezogen hatte und der leider viel zu früh verstarb, hatte gemeint, das wäre gut. Der hatte ihm damals schon von den unglaublichen Geschichten erzählt, wenn Kuckuckskinder da sind.

Die Anwältin K. hatte ihre Einzelkanzlei in Schwabing nicht halten können. Sie konnte dann in einer der Anwaltsfabriken unterkommen. Die mit den endlos langen Namensschildern auf poliertem Messing. Nahe der Siemens-Zentrale. Bei einer ihrer Nachfolgerinnen dort wird geworben *„Besondere Expertise besitzt Frau Dr. ... zudem im Bereich des Familienrechts, insbesondere bei Streitigkeiten aus den Rechtsbeziehungen in einer Familie mit Kuckuckskind."*

Betty und Karl sah er nur noch ein einziges Mal. Vor Gericht, als Zeugen. Er wusste, dass er in dem, was seiner Mutter widerfahren war, nichts, gar nichts tun konnte. Tote haben kein Rechtsschutzbedürfnis.

Das ist so. Ihre Wohnung war geräumt und ihr Mobiliar und sonstiger Nachlass in irgendeiner Garage verstaut worden. Darunter auch Gemälde von Herbert Capeller. Herbert Capeller, der Bruder der Verstorbenen und Kunstmaler. Er wollte festgestellt wissen, wie die Schäden an den Bildern durch schlechte Aufbewahrung zu bewerten sind. Dazu gab es vor Gericht zwei Gutachten. Erwartungsgemäß benannte die von ihm beklagte gesetzliche Betreuerin zu ihrer Verteidigung die beiden Kinder als Zeugen. Das war 1997 und das war es, was er eigentlich wollte. Er wollte sehen, was das für Menschen geworden sind, die als Jugendliche die Perfidie der Mutter mitmachten. Die Tochter war fast 25 und Karl 22. Es waren zwei Fremde. Sie eher höhnisch, flapsig. Er sagte wenigstens *„ich war doch noch klein."* Als er Karl jetzt sah, wusste er, mit wem er Ähnlichkeit hatte. Erfolg hatte er mit der Klage nicht, aber er hat gesehen, was er sehen wollte.

14.

Abgesehen von den jährlichen Formularen während des Studiums mit Begleitbrief gab es keinen Kontakt mehr. Schon gar nicht zur Tochter. Fünf Jahre nach dem Zeugenauftritt schrieb er an Karl.

Hallo Karl, für meine Disposition im Rentenalter bitte ich nur um Mitteilung, wann Du Deinen Studienabschluss machst. Alle anderen langen Ausführungen und die Karte zu Weihnachten kommen ohnehin nicht von Dir. Deine Unterschrift ist schlecht nachgemacht. Alles Gute noch zu Deinem 27ten. Gruß Vater

Bei der Schlussformel „Gruß Vater" hatte er gezögert. Aber was sollte er sonst drunter setzen? „Zahlvater"?

Wenige Tage später kam die Antwort per eMail:

Hallo Vater, ich werde voraussichtlich im Wintersemester 2002/2003 meinen Abschluss machen. Vielen Dank für Deine nachträglichen Geburtstagsglückwünsche! Ich verstehe eigentlich nicht warum Du glaubst, daß meine Briefe und die Weihnachtskarte nicht von mir kommen würden!? Ich bin 27 Jahre alt, und angehender Dipl. Kfm. Du kannst mir schon glauben, daß ich meine Post selbst erledige. Meine Unterschrift sieht nun mal so aus, wie sie aussieht! Damals war ich so klein, da hatte ich noch keine eigene Unterschrift. Demzufolge frage ich mich, wie Du behaupten kannst, meine Unterschrift sei nachgemacht worden? Ich kümmere mich einfach nur darum, daß ich Dir regelmäßig meine Studienfortschritte mitteile. Falls Du nicht daran interessiert bist, von Deinem Sohn Grüße zu Weihnachten zu bekommen, dann muß ich das akzeptieren und es unterlassen. Viele Grüße, Dein Sohn Karl

Er antwortete per Brief mit Schärfe, aber er konnte nicht anders.

Hallo Karl. Deine Antwort auf mein eMail war aufschlussreicher als Du Dir vorstellen kannst, Herr Dipl.-Kfm. in spe. Zu Deinen Gunsten hatte ich angenommen, dass die Briefe mit den Fortschritten in Deinen Studien und den Unterschriften mit der jeweiligen Betonung auf Dein Sohn Karl nicht von Dir stammen. Man muss kein Graphologe sein um zu erkennen, dass es da Briefe gibt, deren Diktion und Unterschrift nicht vom selben Verfasser stammen. Sei's drum, mir ist es schnurzegal, ob der 27jährige für seine Unterschrift als 22jähriger und dann als 24jähriger noch die kindliche Unausgereiftheit in Anspruch nimmt. Mit 27 war ich längst im Beruf, sodass ich nun nicht mehr befürchten muss, Deinen Reifungsprozess noch zu stören. Du bist jetzt im 9. Semester bei einer Regelstudienzeit von 8 Semestern und willst voraussichtlich im 11. Semester abschließen. Meinst Du nicht, dass das ein bisschen üppig ist? Machen wir uns deshalb nichts mehr vor: wir beide, und das trifft in gleicher Weise auf Deine Schwester zu, sind uns wildfremd und das wird sich auch vor dem Hintergrund der letzten 20 Jahre, in denen auch Du das Maul gehalten hast, nicht mehr ändern. Wenn Du etwas von meinem Charakter hättest, hättest Du das nicht mitgemacht. Ich warte heute noch auf eine Antwort von Dir auf meinen Brief an Dich zum 18. Geburtstag. Insofern habe ich ohnehin weder Tochter noch Sohn. Das Thema ist lange beendet. Da bin ich völlig unsentimental. In Deinem Fall kommt noch etwas hinzu: in diesen 20 Jahren habe ich Dich nur einmal vor 5 Jahren gesehen, da warst Du 22 Jahre alt. Seitdem habe ich erst recht ernsthafte Zweifel, daß Du überhaupt mein Sohn bist. Deine "Studienberichterstattungen", die regelmäßig und penetrant aufdringlich mit "Dein Sohn" mal mit mal ohne Computer endeten, haben diese Zweifel zusätzlich bestärkt. Wenn Du etwas von mir hättest, dann hättest Du die Einstel-

lung gehabt, was soll ich mit dem Scheißkerl. Er hat sich die letzten 20 Jahren nicht für mich interessiert, ich denke gar nicht daran, ihn über mein Studentendasein mit dem ganzen Gesülze über gute oder weniger gute Einzelergebnisse zu unterrichten. Er bekommt den Studiennachweis und ich den Unterhalt, basta. Und als Unterschrift kurz und bündig "Karl". Tatsache ist, daß ich bei Deinem Auftritt vor Gericht schon von Deinem Äußeren überrascht war, von Deiner Größe und Deinen Gesichtszügen. Das war offensichtlich auch Deiner in ihren besten Jahren „vielseitigen" Mutter peinlich, dass prima vista bei Dir nicht die geringste Ähnlichkeit mit mir oder mit ihr erkennbar war. Es liegt mir fern, ihr stets ziel- und nutzenorientiertes Verhalten, das frei von Skrupeln ist, nicht anzuerkennen. Damit hat sie es als Gastrolehrling zur jetzigen Frau K.... durchaus weit gebracht. Ich war eben 1971 ein Dummkopf, der ihr damals auf den Leim gegangen ist, doch ich befinde mich da in guter Gesellschaft, erst recht wenn ich die möglichen

Erzeuger Revue passieren lasse. Du wirst Verständnis haben, dass ich bis zum biologischen Beweis des Gegenteils mich nicht länger von Deiner Mutter für dumm verkaufen lasse und Dich als meinen Sohn betrachte. Für einen Vaterschaftstest, das ist mein Angebot, stehe ich jederzeit zur Verfügung. Lass` mich wissen, wann Du dazu bereit bist…. Viele Grüße

Eine Antwort darauf bekam er nie. Doch, fünf Monate später eine einzeilige eMail

„ich warte auf den Unterhalt für diesen Monat. Warum?"

Mit der Erklärung, die er wenige Tage danach per Einschreiben / Rückschein an ihn richtete, hatte er alle Brücken abgebrochen.

„Du sollst wissen warum: weil ich Dir nach Ende der Regelstudienzeit keinen Unterhalt mehr schulde. Das kann Dir bei Deinem Aus-

bildungsstand nicht unbekannt sein. Studien-
ordnung für den Diplom-Studiengang Be-
triebswirtschaftslehre an der ......Universität
Bamberg....... vom 20. Dezember 2001 § 2
Studiendauer Die Studiendauer beträgt ein-
schließlich der Diplomprüfung acht Semester
(Regelstudienzeit).

Als „Draufgabe" für die 7 infamen Jahre von
1987 bis 1994 habe ich noch 7 Monate (1 Se-
mester und einen Monat) ohne Anerkennung
einer Rechtspflicht weitergezahlt. In Anbe-
tracht der Gesamtumstände, nur teilweise in
meinem Schreiben vom ..... angeschnitten und
ohne den geringsten Widerspruch /Aufschrei
von Dir und den Deinen wohl als zutreffend
hingenommen, besteht nun für weitere freiwil-
lige Leistungen keine Veranlassung mehr.
Nach den unvergessenen 20 Jahren, für die
Deine Mutter und ihr Anwalt und Dein
„Stiefvater" K. gesorgt haben, hast auch Du
als aktiver Teil des Ganzen von mir weder mo-
ralisch noch rechtlich etwas zu erwarten."

EPILOG

Die Corona-Pandemie hat von der Menschheit Besitz ergriffen. Noch vor wenigen Wochen beherrschte das Sturmtief Sabine die Nachrichten. Wenn es doch nur das wäre. Der Mensch tröstet sich immer. On se console toujours war eine von seiner Frau öfter gebrauchte Redewendung. Der Trost ist, dass ihr Krebsleiden „nur" eineinhalb Monate dauerte. Ein Pflegefall zu werden, in einem Heim so zu enden, wie seine Mutter, war für sie eine fürchterliche Vorstellung. Und vielleicht auch, dass sie das, was jetzt gerade passiert, nicht mehr erleben muss. Sie konnte die letzten drei Tage in dem Hospiz begleitet in Würde sterben. Er konnte dabei sein. Er sagte zu ihr zehn Minuten vor ihrem Tod „lass` doch los, du gehst doch nur voraus". Vielleicht, vermutlich, hat sie ihn gehört. Auf ihrer Hochzeitsreise 1984 waren sie auch in Bergamo. Sie kamen nie mehr dorthin.

In einem kleinen Lokal gab es pasta mit funghi. Sie waren sagenhaft. An den freundlichen Wirt, der sie auf der Straße ermuntert hatte reinzukommen, erinnerten sie sich gerne. Sie waren fast die einzigen Gäste. Jetzt fahren genau da draußen Militärfahrzeuge mit Toten vorbei. Im Fernsehen erteilt der Papst Franziskus am Abend außerordentlich den Segen urbi et orbi mit der Monstranz. Er wirkte auf ihn sehr einsam und allein. Als Mensch achtet er ihn sehr. Doch nach der Kirche, deren irdisches Oberhaupt er ist, ist er mit dieser protestantischen Lisa nach wie vor verheiratet. Wegen der Formel „...bis dass der Tod euch scheidet." Seine tiefgläubige Astrid, die er durch Tod nach sechsunddreißig glücklichen Jahren Ehe verloren hat, zählt für die katholische Amtskirche nicht. Das ist für ihn nicht rechtens. Aber was ist schon rechtens? Wer setzt dieses Recht? Mit welcher Legitimation? Die Glaubenskongregation von 1542, die zuständig war für die Inquisition? Neuzeitlich, ab 1965, vom Papst delegiert, beispielsweise an Präfekten wie Josef Ratzinger und Gerhard Müller aus Regensburg? Immer wieder Regensburg, wo auch Michael Buchberger und jetzt Rudolf Voderholzer ihren sedes hatten oder haben. Wie lange gilt Recht? *„Die gültige und vollzogene Ehe kann durch keine menschliche Gewalt und aus keinem Grunde, außer durch den Tod, aufgelöst werden."*So steht´s im Kanonischen Recht Can. 1141. Gehörte er bis Astrids Tod zu den katholischen Bigamisten?

Er hat nie wieder etwas von ihnen gehört. Das liegt jetzt über zwanzig Jahre zurück. Dank Astrid ist er nicht daran zerbrochen. Die Absicht, ihn zu vernichten, erfüllte sich nicht. Ihm kam ein Spruch auf einem kirchlichen Plakat in den Sinn, auf dem stand *„wer Unrecht begeht, wird Unheil ernten"*. Ob sie sich selbst vernichtet haben, im eigenen Spinnennetz der Arachne verfangen? Er weiß es nicht. Es kann oft dauern, er würde es kaum erfahren.

Seit fünf Jahren ist Dr. K. Ehrenvorsitzender dieser bedeutenden Krebsstiftung und das Bundesverdienstkreuz 1. Klasse erhielt er dafür aus den Händen des Bayerischen Innenministers. Sogar mit Hinweis auf seine Verbindung zur „Congregatio Jesu". Am 20. März, zu Beginn der Pandemie, ist er 80 geworden. Genügend Zeit, um Bilanz zu ziehen. Der Bericht der Stiftung für die Jahre 2015 bis 2017 gab die Gelegenheit, beide zusammen noch einmal zu sehen. Auf einem Bild. Es war der Festakt zum vierzigjährigen Bestehen. Gleichzeitig sein Abschied. Der neue Stiftungsvorstand umarmt ihn. Er wirkt fast verlegen. Daneben steht jemand. Erkannt hätte er sie nicht mehr. Gemessen an den anderen Menschen in der ersten Reihe und dahinter: Sie passt nicht dazu. Er ist sich sicher: Der weiß das schon lange.

Angesichts dessen ist er zufrieden, glücklich, dass er sich über das Kirchenrecht, nicht nur das Kirchensteuerrecht, hinweggesetzt hat. Seit er von Walter Rupp, dem klugen Jesuiten, die *„Mails aus dem Jenseits"* gelesen hat, ist er zuversichtlich, dass ihm das einmal nicht zum Nachteil angelastet werden wird.

Doch, da war noch was. Er hatte nach Monaten des Zögerns seine und Astrids standesamtliche Trauzeugen von Astrids Tod unterrichtet. Auch nur, weil sie ihm vor acht oder neun Jahren eine Traueranzeige in der Familie geschickt haben, - damals ohne Astrid auch nur zu erwähnen. Er wollte wissen, was passieren würde. Zu Weihnachten kam ein Telefonanruf im Sterbehospiz der Maja Dornier Stiftung in Lindau an. Die Anruferin behauptete, die Tochter des Hinterbliebenen zu sein. Was sie wollte, blieb unklar. Die ehemaligen Trauzeugen ließ er daraufhin wissen: Es hat funktioniert. „Nun, die Geier kreisen schon… aber umsonst."

Zehn Jahre ist es schon her. Die Nachbarn auf dem Friedhof in Mühldorf hatten sich über die wuchernden Rosen und das ungepflegte Grab beschwert. Selbst konnten sie sich nicht genügend kümmern, sie waren zu weit weg, kamen kaum mehr hin. Sonst war keiner mehr da. Das Grab hat er aufgelassen. Die kleine Zuckerhutfichte, die sie 1994 gepflanzt hatten, haben sie wieder ausgegraben. Sie nahmen sie mit. Zusammen hatten sie sie in einer stillen Ecke ihres Gartens am Fuß einer großen Kiefer eingesetzt. Bei einem von Astrid immer mit Liebe gepflegten Rosenbeet. Dort hat er sich eine Gedenkstätte eingerichtet. Mit Steinen, wie man sie auf jüdische Gräber hinlegt, ist schon eine kleine Pyramide entstanden. Die pyramidenförmige Zuckerhutfichte ist inzwischen gut gewachsen, schon über einen Meter groß. Sie steht jetzt für beide, Astrid und seine Mutter.

[Namen in der Erzählung sind verfälscht oder gekürzt.]

AUTOR

K. Alois Schneider, in München geboren. Studierte Wirtschaftswissenschaften an der Joh. Wolfgang Goethe Universität in Frankfurt am Main. Beruflich tätig in amerikanischer Wirtschaftsprüfungsgesellschaft, in Führungsposition bei einem französischen Lebensmittel-Multi, seit 1984 bis zum Ruhestand freiberuflich. Lebt am Bodensee und wieder in München.

Nachdem das alles geschrieben war, kam die Überlegung, wie das zu veröffentlichen wäre. In meiner beruflichen Tätigkeit habe ich auch für Verlage gearbeitet. Hatte beim dtv Heinz Friedrich und Stephan Gallenkamp kennengelernt. Aber seitdem ist viel Zeit vergangen. Mir war klar, dass ich das nicht einfach irgendwohin schicken kann. Die Umbrüche im Verlagswesen der letzten Jahrzehnte sind bekannt. Ich versuchte es mit einer Agentur, hörte lange nichts. Die meldete sich ablehnend ein halbes Jahr später. Dass ich auf einer dieser neuen Selbstverlagsplattformen Walter Rupp und seine "*Mails aus dem Jenseits*" entdeckte, überraschte mich. Ich sah in ihm einen etablierten Autor, der doch seine Verlage hatte. In der Trauerphase, in der ich war, spendeten mir seine *Mails aus dem Jenseits* sehr viel Trost. Ich schrieb ihm eine *mail aus dem Diesseits,* mit der Bitte, sich mal anzusehen, was ich verfasst habe, besonders im Hinblick auf das Katholische in dem Text.

Sehr geehrter Herr Rupp, ich kann nicht umhin, auf Ihre "Mails aus dem Jenseits" Bezug zu nehmen. Ich hoffe, mein diesseitiges mail erreicht Sie bei guter Gesundheit. In den letzten Monaten haben Ihre mails mir viel Trost gegeben. Früher habe ich Ihre Gedanken zum Tag oft am Morgen gehört. Aber mit der Zeit gewöhnt man sich das Anhören des politischen Wiederkäuens ab. Weshalb ich Ihnen schreibe? Ich habe in der Zeit der Isolation eine Erzählung verfasst, verfassen müssen .... Am besten: Sie fangen beim Epilog an. Dann wissen Sie warum ich das Ihnen zuschicke. Und heute wie jedes Jahr am 28.6. ist ein besonderer Tag. Herzliche Grüße K. A. Schneider.

Er antwortete schnell:
Lieber Herr Schneider, vielen Dank für Ihre Zuschrift, die mich neugierig macht. Aber lei-

der ist es unmöglich, den Text zu entziffern.
Herzliche Grüße. Walter Rupp SJ

Lieber Pater Rupp, es tut mit leid, dass Sie die
Datei ..... nicht lesen können. ....Sicherheits-
halber füge ich noch eine pdf-Datei an. Auch
von mir herzliche Grüße vom Bodensee.

Lieber Herr Schneider, Jetzt hat`s geklappt mit
pdf. Ich habe - entgegen Ihrem Rat - den Epilog erst nach Lektüre des Textes gelesen. Ihre
Erzählung bestätigt die Wahrheit von Mythologien: dass sie eine überzeitliche Bedeutung
haben. Arachne, die Web-Künstlerin, zieht
auch heute ihre Fäden und bringt mit ihren Intrigen die Beziehungen der Menschen so sehr
durcheinander, dass sie schließlich keinen Ausweg mehr erkennen. Sie haben Recht: Menschen können in Situationen geraten, die juristisch, auch mit dem Kirchenrecht nicht mehr
zu lösen sind. Da muss jeder auf die Stimme
seines Gewissens hören und danach entschei-
den. Niemand sollte sich deshalb von Gott ver-
worfen fühlen. Wenn Sie meine Mails so deuten, kann ich nur zustimmen. Das Gericht

Gottes besteht nicht im Strafen und Verwerfen, sondern bedeutet Richtigstellen und zum Recht verhelfen. Ich wünsche Ihrem Schriftstellern Erfolg und grüße Sie herzlich aus Ihrem geliebten München. Walter Rupp SJ

Zum Recht verhelfen. Das geht nur anders: literarisch.

Zuvor hatte ich mich schon erinnert, dass da ein namhafter Filmemacher in München ist, der möglicherweise an dieser Geschichte interessiert sein könnte. Zu meiner Überraschung fand ich ihn ganz einfach im Telefonbuch, mit voller Adresse. Also schrieb ich ihm und war beeindruckt, dass er bereit war, meinen Entwurf zu lesen.

"Sehr geehrter Herr Schneider, Sie können mir gerne die Geschichte schicken. Bitte seien Sie nicht ungehalten, wenn meine Antwort etwas dauert. Ich bin gespannt. Mit besten Grüßen Dominik Graf."

Noch erstaunlicher war, dass er sich so intensiv damit befasst hat und eine so umfängliche Rezension zu dem Text verfasste, die ich, ich bin überzeugt, dass er damit einverstanden ist, hier einfließen lasse.

Sehr geehrter Herr Schneider, ich habe Ihren Bericht gelesen. Aus meiner, zunächst mal eher kühl den „verwertbaren Stoff" analysierenden Perspektive ist in der Geschichte etwas tief Tragisches im Verhältnis Sohn-Mutter. Es ist über Jahre bereits exemplarisch schwierig zwischen den beiden, und es wird über die Jahrzehnte hin immer katastrophaler, und dann jedoch bietet sich nach Mutters Tod durch die - ihn überraschende - Geschichte von ihrer Krankheit und ihrem Pflege-Leid plötzlich eine Chance des Verzeihens, oder zumindest des Relativierens im Nachhinein.
Denn nach dem Tod der Mutter kann der Sohn den Hergang ihres Schlaganfalls und ihres Leidenswegs zum Tod so deuten, so interpretieren, bzw es finden sich auch Hinweise dafür,

daß es sich dabei um einen Moment der Aus-
einandersetzung, vielleicht gar des Einsatzes
der Mutter für ihn, den Sohn, gegen die Ex-
Frau gehandelt haben könnte. Passiert ist: zu-
nächst Mutters Anfall (aus Aufregung, gar
Empörung wegen der Hilflosigkeit gegen die
Ex-Frau des Sohnes?), dann das tagelang hilf-
los in der Wohnung liegen, dann der Versuch
der Vertuschung des Vorfalls durch die Ex-
Frau, und ihr daraufhin „zu Tode pflegen" der
Mutter.

Nur durch den Tod wurde er von allem Voran-
gegangenen rudimentär in Kenntnis gesetzt.
Wie ein nicht mehr in allen Details nachweis-
barer Kriminalfall. Vielleicht war`s nicht ein
konkreter Mord, aber zumindest unterlassene
Hilfeleistung.

Aber emotional ist es eben nicht nur das - eine
kriminelle Handlung, - sondern es birgt vor al-
lem auch die Chance einer posthumen Versöh-
nung. Als Symbol dafür steht die Zuckerhut-
fichte. Sehe ich das so in etwa richtig?

Also ein interessanter Stoff. Man müßte unter Umständen etliches stärker dramatisieren.

Was ich jetzt aber sage, wird Sie vielleicht erstaunen, aber ich kann es nicht anders beschreiben: ich bin zu jung für diesen Stoff. Sie haben mir da eine innerlich dramatische Geschichte erzählt - daß es Ihre Biographie ist, lasse ich bewußt beiseite.

Aber das, was sich in dem Stoff verbirgt - also aus meiner Perspektive, aber jeder sieht ja immer gerne in Erzählungen, was er sehen möchte - das geht mir zu nahe. Es hat sich beim Darüber-Nachdenken ein persönlicher schwarzer Fleck in mir wieder gemeldet.

Diesen noch genauer in Augenschein zu nehmen (was bei der Beschäftigung mit Ihrer Geschichte natürlich unausweichlich wäre) bin ich nicht bereit.

Ich habe das Filmemachen nie als Selbstanalyse verstanden, es war stets primär eine Sehnsucht nach kreativem „Spaß". Bislang hat es sich bei mir auch grosso modo so erhalten.

Ich bin kein introspektiver Regisseur, kein Ingmar Bergman in Westentaschenformat, kein Seelengräber, den man hierfür - nach meinem Gefühl - dringend bräuchte. Ich bin beeindruckt von dem, was sie schreiben, aber es ist - um es als Projekt umzusetzen - mir eine seelisch zu brutale Familiengeschichte.

Ich danke Ihnen sehr für das Vertrauen, das sie mir entgegengebracht haben, indem sie mich diese Aufzeichnungen, eigentlich fast eine persönliche Chronik, lesen ließen. Mit allerbesten Grüßen Dominik Graf.

Es war nicht meine Absicht und es lag mir fern, irgendetwas an dieser protokollarischen Erzählung zu dramatisieren. Im Vordergrund stand mein Bemühen, so nüchtern und sachlich wie möglich das Geschehen zu schildern. Deshalb nenne ich es ein Protokoll einer Intrige, einer mörderischen Intrige. Es gehört schon etwas dazu, ein siebenjähriges Koma mit ansehen zu können. Den Hass auf mich auf meine Mutter zu projizieren.

Das erste gedruckte Exemplar ging an die Anwältin K. Eine Antwort hatte ich nicht erwartet. Erfahrungsgemäß antworten Anwälte nicht auf private Schreiben. Gilt auch vice versa. Ist besser so.

"Sehr geehrte Frau K.,
Ja, es gibt Dinge, die einfach noch getan werden müssen. Dazu gehörte die Erzählung, die ich Ihnen kürzlich durch eine Buchhandlung zuschicken ließ. ....
Ich musste es tun. Es war einerseits ein innerer Auftrag, das niederzuschreiben. Andererseits half es mir in erster Linie, meinen schmerzlichen Verlust zu verarbeiten. Ich wollte, musste etwas Niederträchtiges wenigstens moralisch zurechtrücken und publik machen, was das irdische Recht nicht kann. Unter den lebenden Protagonisten habe ich es in erster Linie für Sie, sehr geehrte Frau K., ge-

schrieben. Sie waren der erste Adressat. Und ich nehme an, dass es Ihnen und Ihren erwachsenen Kindern eine neue Sicht auf das Geschehen in den 1980er Jahren gibt. Ich kann mir vorstellen, dass es für Sie vor vielen Jahren sehr schmerzlich war.

In meinem Alter geht es mir nicht um Rache oder dergleichen. Dafür ist jemand anderer zuständig, wie schon Friedrich von Logau im 17. Jahrhundert es formuliert hat. Ich weiß, dass ich, was meine eigene Mutter anlangt, in eine furchtbar unglückliche Situation gekommen bin. Das bedauere ich zutiefst.

Der erwähnte Filmemacher, den ich nicht nennen will, hat es so ausgedrückt: „Passiert ist: zunächst Mutters Anfall (aus Aufregung, gar Empörung wegen der Hilflosigkeit gegen die Ex-Frau des Sohnes?), dann das tagelang hilflos in der Wohnung liegen, dann der Versuch der Vertuschung des Vorfalls durch die Ex-Frau, und ihr daraufhin „zu Tode pflegen" der Mutter. Wie ein nicht mehr in allen Details nachweisbarer Kriminalfall. Vielleicht wars nicht ein konkreter Mord aber zumindest unterlassene Hilfeleistung. Ich bin kein introspektiver Regisseur, kein Ingmar Bergman ...., kein Seelengräber, den man hierfür - nach meinem Gefühl - dringend bräuchte. Ich bin beeindruckt von dem, was sie schreiben, aber es ist - um es als Projekt umzusetzen - mir eine seelisch zu brutale Familiengeschichte."

Der Jesuit Walter Rupp, dem ich auf sein Buch „Mails aus dem Jenseits" mit einer Mail aus dem Diesseits geantwortet habe, ließ mich nach der Lektüre wissen: „Ihre Erzählung bestätigt die Wahrheit von Mythologien: dass sie eine überzeitliche Bedeutung haben. Arachne, die Web-Künstlerin, zieht auch heute ihre Fäden und bringt mit ihren Intrigen die Beziehungen der Menschen so sehr durcheinander, dass sie schließlich keinen Ausweg mehr erkennen. Sie haben Recht: Menschen können in Situationen geraten, die juristisch, auch mit dem Kirchenrecht nicht mehr zu lösen sind."

Dass Sie mich nicht falsch verstehen. Ich bin nicht unglücklich mit dem Verlauf meines

zweiten Lebens. Im Gegenteil. Ich bin heute dankbar, dass die Umstände es so gefügt haben, dass 1983 der Anwalt von Puttkamer recht behalten hat mit seiner Bemerkung, ...
[wäre gut, wenn er sie heiratet].......

Man kann es auch so sehen, für das Verbrechen an meiner Mutter, da ist einer, der hat dafür lebenslänglich in O......... bekommen. Juristen benutzen doch gern das suum cuique. Ich verbleibe mit den allerbesten Grüßen."

●●●●●●●●

Genesis der Niedertracht
Von Erich Kästner
Eines merkt man stündlich und täglich:
Kinder sind hübsch und offen und gut,
aber Erwachsene sind unerträglich.
Manchmal nimmt uns das allen Mut.

Böse und hässliche alte Leute
waren als Kinder fast tadellos.
Nette und reizende Kinder von heute
werden später kleinlich und groß.

Wie ist das möglich? Was soll das heißen?
Sind denn auch die Kinder nur echt,
wenn sie den Fliegen die Flügel ausreißen?
Sind denn auch schon die Kinder schlecht?

Jeder Charakter ist durch zwei teilbar,
da Gut und Böse beisammen sind.
Doch die Bosheit ist unheilbar,
und die Güte stirbt als Kind.